MEINE TRAUMFRAU, DER TODESBRINGER

Die Bad Boy Inc., Buch 3

EVE LANGLAIS

Copyright © 2019 Eve Langlais
Englischer Originaltitel: »Deadly Match (Bad Boy Inc. Book 3)«
Deutsche Übersetzung: Birga Weisert für Daniela Mansfield Translations 2019

Alle Rechte vorbehalten. Dies ist ein Werk der Fiktion. Namen, Darsteller, Orte und Handlung entspringen entweder der Fantasie der Autorin oder werden fiktiv eingesetzt. Jegliche Ähnlichkeit mit tatsächlichen Vorkommnissen, Schauplätzen oder Personen, lebend oder verstorben, ist rein zufällig.
Dieses Buch darf ohne die ausdrückliche schriftliche Genehmigung der Autorin weder in seiner Gesamtheit noch in Auszügen auf keinerlei Art mithilfe von elektronischen oder mechanischen Mitteln vervielfältigt oder weitergegeben werden.

Titelbild entworfen von: Razz Dazz Design © 2017
Herausgegeben von: Eve Langlais www.EveLanglais.com

eBook: ISBN: 978-1-77384-127-4
Taschenbuch: ISBN: 978-1-77384-128-1

Besuchen Sie Eve im Netz! http://www.evelanglais.com

KAPITEL EINS

Oh, the weather outside is frightful ... UND OBWOHL das Wetter draußen schrecklich war, war der Wein zum Essen großartig – und wahrscheinlich ziemlich teuer. Außerdem hatte er den Wein nicht bezahlen müssen, sodass er ihm sogar noch besser schmeckte.

Der Wein glitt seine Kehle hinunter und hatte eine blumige Note mit einem Hauch von Schwarzkirsche. Er zog sein Handy hervor und machte schnell ein Foto des Labels, damit er sich später eine Kiste davon holen konnte.

»Ein guter Jahrgang«, bemerkte er, nachdem er sich ein weiteres Glas eingeschenkt hatte.

Er prostete mit dem Kristallkelch seinem Gastgeber zu. »Ich muss schon sagen, es hat mich überrascht, dass Sie zu Hähnchen einen Rotwein gewählt haben. Die meisten Leute bevorzugen einen Weißwein. Allerdings muss ich zugeben, dass es eine gute Wahl war. Ich weiß es zu schätzen, weil das alles hier«, Reaper machte mit der Hand eine Geste über den gesamten Tisch, »genau das war, was ich gebraucht habe.« Ein Weihnachtsessen, das weder frittiert war noch aus einem Laden stammte.

Ein Festessen, zu dem ihn noch nie jemand eingeladen hatte.

Reaper – was so viel wie »Sensenmann« bedeutete, benannt von seiner Mutter, die in der Goth-Szene wohl etwas zu viel involviert gewesen war – schob den leeren Teller beiseite, zog sich die Leinenserviette vom Schoß und wandte sich an seinen noch immer schweigsamen Gastgeber.

»Aber gutes Essen und Wein sind nicht der Grund, aus dem ich hier bin.« Er beugte sich vor, den Blick starr auf seine Zielperson gerichtet, seine Waffe mitten auf dem Tisch, wie ein Dekorationsgegenstand. »Die Zeit ist gekommen, dass du der Gesellschaft zurückzahlst, was du ihr schuldest.«

Reaper – dessen Freunde wussten, dass man sich besser nicht über seinen Namen lustig machte, außer man wollte die Folgen spüren – stand von seinem Stuhl auf und ließ die Waffe auf dem Tisch liegen, während er zu seinem Gastgeber hinüberging. Er wollte noch dazusagen, dass der Typ anscheinend keine Lust dazu hatte zu feiern, trotz des üppig gedeckten Tisches. Andererseits hatte er natürlich seine Freundin erwartet, als es an der Tür klopfte, und nicht Reaper.

Niemandem gefiel es, sich im Angesicht des Todes wiederzufinden. Manche machten sich sogar in die Hose.

Wenn es ihm nicht egal gewesen wäre, hätte das dazu führen können, dass Reaper einen Komplex entwickelte.

»Fröhliche Weihnachten«, hatte Reaper gesagt, als er sich an ihm vorbei in die Wohnung gedrängt hatte. »Oder soll ich bei der guten alten Art bleiben und dir eine frohe, verdammte Weihnachtszeit wünschen?« Reaper hatte mit dem Fuß die Tür zugestoßen, ohne dabei seine Zielperson aus den Augen zu lassen.

»Hau ab.« Die Worte wurden leise ausgesprochen, mit bebenden Lippen.

Reaper hatte gelächelt. »Zwing mich doch dazu.«

Ein echter Mann hätte das als Herausforderung angenommen. Dieser kleine Wichser hingegen versuchte abzuhauen. Sie befanden sich im fünfzehnten Stock eines Wohnhauses. Wohin hatte er vor zu fliehen?

Es war für Reaper ein Leichtes gewesen, die Zielperson zu überwältigen. Er war nichts weiter als ein bibbernder Idiot. Ein Idiot, der daraufhin ohnmächtig wurde. Möglicherweise deshalb, weil Reaper seinen Kopf ein paarmal gegen den Parkettboden geschlagen hatte.

Erst als er wieder von den Knien aufgestanden war, hatte er es gerochen.

Etwas Leckeres.

Da seine Zielperson bewusstlos war und er nichts Dringendes zu tun hatte, hatte sich Reaper hingesetzt, um die selbstgekochte Mahlzeit zu genießen, während die funkelnden Lichter des Weihnachtsbaums ihn anblinkten.

Er wartete darauf, dass sein Gastgeber erwachte, und sah sich die Geschenke unter dem Baum an. Musste schön sein. Wäre da nicht der Geschenkeaustausch im Büro, auf dem ihre Empfangsdame, Sherry, bestand, hätte er zu Weihnachten nie ein Geschenk zu öffnen.

»Was hast du ihr zu Weihnachten gekauft?«, wollte Reaper wissen und beugte sich über seine Zielperson. »Schmuck? Unterwäsche? Du fragst dich wahrscheinlich, wo sie ist. Mach dir keine Sorgen. Ich habe mich um sie gekümmert.«

Er gab der Aussage einen ominösen Unterton, aber er hätte sich nicht die Mühe machen müssen; sein Gastgeber verstand die Anspielung.

Wieder bei Bewusstsein starrte Wendell ihn mit großen Augen an und stöhnte hinter dem Streifen aus weichem Stoff, der seinen Mund und seine Nase bedeckte. Seine Hände waren zusammengebunden.

Wendell würde nie seine letzte Mahlzeit genießen können.

»Es ist jetzt an der Zeit, deine letzten Worte zu denken, denn niemand will sie hören.« Denn nur im Film gelang es todgeweihten Leuten, eine emotionale Rede zu halten. Im wahren Leben bestanden letzte Worte eher aus »Bring mich nicht um« und »Oh mein Gott. Es tut mir so leid. Ich werde es nie wieder tun.«

Und trotzdem taten sie es wieder.

Arschlöcher wie Wendell bauten immer wieder Scheiße. Reaper hatte diese Lektion als Kind gelernt.

Ein Mann sollte sein Wort halten. Sein Stiefvater hatte es nicht getan. Seiner Mutter war es besser gegangen, nachdem Reaper sich um dieses Problem gekümmert hatte. Nicht dass sie bemerkte, was für einen Gefallen er ihr getan hatte. Drogen hatten diese Art, Menschen dazu zu bringen, die Scheiße, die um sie herum passiert, zu vergessen – und ihre Verantwortung zu ignorieren.

Reaper griff nach Wendell und hob ihn hoch. Der Mann wehrte sich natürlich. Als ob er damit irgendetwas erreichen würde.

Ein bestimmter Griff an einen bestimmten Nerv mit

seinen behandschuhten Fingern und Wendell wurde schlaff. Es dauerte nur einen Moment, um den Mann der Plastikbänder und des Knebels zu entledigen, die Reaper benutzt hatte, um ihn zu fesseln. Selbstmörder sprangen normalerweise nicht gefesselt und geknebelt aus dem Fenster.

Er musste nur leicht seine Arme beugen, um den Mann im Prinzessinnen-Stil auf den Arm zu nehmen, um ihn nicht über den Boden zu schleifen. Selbst die faulsten Polizisten würden es bemerken, wenn es den Anschein hätte, dass Wendell sich nicht selbst aus dem Fenster geworfen hätte.

Die steinerne Brüstung des Balkons erwies sich als praktisch, um Wendell dagegen zu lehnen. Damit es wie ein echter Selbstmord aussah, durfte Reaper ihn nicht einfach kopfüber rauswerfen. Schließlich wollte er, dass die Behörden den Körper leicht identifizieren konnten und nicht auf DNA-Ergebnisse warten mussten. Eine Verifizierung würde nur die Zahlung verzögern.

Der einzige Grund, aus dem Reaper tötete, war für Geld. Alles andere war emotional motiviert und unzivilisiert.

Als Wendell aufrecht dasaß und zum Abflug bereit war – ohne Flügel oder ein Netz –, hatte Reaper keine anderen letzten Worte oder Gedanken als *Ich frage mich, ob ich ein Steak-Sandwich oder ein Hähnchen-Sandwich nehmen soll*. Er war immer noch hungrig und das Lebensmittelgeschäft um die Ecke von seinem Haus war bis spät in die Nacht geöffnet.

Und während die Weihnachtslichter am Baum im Wohnzimmer hinter ihm blinkten und den sanft driftenden Schnee beleuchteten, ließ Reaper los und blieb nicht, um den Körper unten landen zu sehen.

Hat man es einmal gesehen, hat man alles gesehen.

Er betrat die Wohnung wieder, schob die Tür zu, seine Handschuhe hinterließen keine Spuren, und ging zum Tisch und zu seiner Waffe, als sich die Wohnungstür öffnete.

Unmöglich. Er hatte sie abgeschlossen.

Jemand, der einen Schlüssel hatte? Die Freundin sollte noch stundenlang festgehalten werden – bei einer Sperre des Büros in der Innenstadt, wo sie arbeitete. Sie sollte nicht hier sein. Doch da stand eine Frau, ihre Silhouette definitiv feminin in ihrem Mantel mit Gürtel und der pelzgesäumten Kapuze, die ihre Gesichtszüge fast vollständig verdeckte.

Ich habe es versaut. Er hatte sich Zeit gelassen, anstatt den Job zügig zu erledigen.

Als er unter den Tisch tauchte, griff er mit seinen Fingern nach der Waffe, während er den markanten Knall eines Schusses hörte, der Klang gedämpft durch einen Schalldämpfer.

Eine Kugel schoss über seine Schulter.

Sie hat mich verfehlt.

Reaper nahm die Waffe fest in die Faust und begann, den Revolver anzuheben. Sein Blick fand den Schützen, eine Frau, die überhaupt nicht in Panik geriet und mit den Händen an ihrer Waffe dastand. Sie sagte kein Wort und feuerte dann erneut.

Taubheitsgefühl, nicht Schmerz, schlug ihm in die Brust und wirbelte ihn rückwärts.

Aber Reaper hielt seine Waffe fest. Er stolperte hart

gegen die Armlehne der Couch, wusste, dass eine weitere Kugel kam, und feuerte dennoch blind ein paar Schüsse ab.

Ein hohes Keuchen kam von der Frau, gefolgt von einem weiteren Einschlag in seinen Körper.

Er stürzte zu Boden.

Blutend.

Schwer verletzt.

Doch nicht tot, und trotz seines keuchenden Atems und der Tatsache, dass er auf den Knien wankte, hielt er die Waffe und zielte auf einen leeren Türrahmen.

Leer. Sie war verschwunden. Aber die Wohnung würde nicht lange leer bleiben. Jemand würde mit Sicherheit die Schüsse melden.

Schnell weg von hier.

Er schaffte es, auf die Beine zu taumeln, und als er zur Tür stolperte, stieß er absichtlich beide Kerzen auf dem Tisch um und beobachtete, wie die Flamme anfing, an der Decke zu lecken. Ein Feuer würde sein Blut verschwinden lassen.

Er atmete schwer, mit verschwommenem Blick, und schaffte es in den Flur, wo er die Tür zum Treppenhaus zuschlagen sah.

Obwohl er normalerweise ein Mann war, der gern Sport trieb und sich keine Gelegenheit dazu entgehen ließ, verzichtete Reaper diesmal darauf, die Treppe zu nehmen. Er würde es nie schaffen. Er taumelte zum Aufzug und drückte auf den Knopf. Die Türen gingen sofort auf, er schwankte hinein und das blecherne Geräusch von Weihnachtsmusik dröhnte in seinen Ohren.

Verdammtes Weihnachten. Blöde Weihnachtszeit. All diese glücklichen Menschen mit ihrer Besessenheit für

Geschenke und Truthahn. Wer zum Teufel wollte schon Truthahn essen?

Er verzog das Gesicht und drückte den Knopf für das Parkdeck, bevor er seine Waffe wegsteckte und nach seinem Handy griff. Er drückte auf das Display, während er sich an die Wand lehnte und gegen die tanzenden schwarzen Flecke vor seinen Augen kämpfte.

Eine vertraute Stimme meldete sich. »Hey, Mann, was ist los?«

»Ich habe in der Bar zu viel getrunken. Jemand muss mich abholen.«

»Kein Problem. Wo bist du?«

»In meinem Stammlokal.« Er musste keine Ortsangabe machen. Ihm war klar, dass Mason bereits wusste, wo er sich befand. Einer der Vorteile, ein Technikgenie als Freund zu haben, bestand darin, dass er genau wusste, wie man ein Handy lokalisierte.

»Ich bin in ein paar Minuten da.«

Reaper antwortete nicht, legte einfach auf und steckte das Handy in seine Tasche. Er griff in die Brusttasche seines Mantels und zog eine Schachtel Zigaretten heraus. Schlechte Angewohnheit. Gut, dass er nicht rauchte.

Der trockene Tabak glühte sofort auf. Er paffte, atmete aber nicht ein, als er seine blutgetränkte Jacke auszog und auf den Boden fallen ließ. Die rauchende Kippe landete auf seinem Mantel. Reaper drehte dann das Feuerzeug, das er benutzt hatte, auf und ließ das Benzin auf den weggeworfenen Mantel tropfen.

Es entzündete sich und eine kleine Flamme tänzelte, als sich die Aufzugstür zum Parkdeck öffnete. Bevor er hinausging, drückte Reaper den Knopf zum obersten

Stockwerk. Und schon fuhr der Aufzug los. Er beobachtete die Zahlen, die auf dem digitalen Display aufstiegen, und spürte die Kraft aus seinen Gliedern weichen.

Ich bin selbst schuld, weil ich dumm war.

Er war faul geworden. Er war geblieben, um Wein zu trinken und zu essen, damit er am Heiligabend nicht allein nach Hause gehen musste. Er hatte sich geirrt, als er dachte, die Freundin sei unter Kontrolle und würde nicht auftauchen.

Und jetzt hatte er den Preis dafür bezahlt.

Er wollte jedoch nicht zulassen, dass sein Fehler Unschuldige tötete. Er griff nach dem roten Hebel des Feueralarms und zog daran.

Sofort begannen die Sirenen zu heulen. Die Sprinkleranlage ging in der Garage an und vernichtete alle Spuren. Die Feuerwehrleute mit ihren langen Schläuchen und Chemikalien würden den Rest erledigen.

Der Aufzug schaltete sich zwischen den Stockwerken ab. Bereits in Brand gesteckt, wäre er nichts als Asche, wenn die Feuerwehrleute ihn erreichten. Was Wendells Wohnung betraf, so würden die Kerzen die Arbeit erledigen.

Da er genügend Brände gelegt hatte, wusste Reaper, dass das Feuer stark genug sein würde, um alle Beweise zu vernichten, und jeder würde davon ausgehen, dass es sich um einen Unfall handelte. Ein Feuer war ausgebrochen; Wendell war in Panik geraten und auf den Balkon hinausgetreten, um dem Rauch zu entkommen. Leider war er dabei ums Leben gekommen.

Ein durchaus plausibles Szenario, es sei denn, die Freundin, die Reaper überrascht hatte, würde reden.

Würde eine Frau, die wie ein Profi schießen konnte, zur Polizei gehen?

Während er darauf wartete, abgeholt zu werden, gab Reaper eine weitere Nachricht in sein Telefon ein, in der er um die Säuberung der Sicherheitskameras in der Gegend und ein solides Alibi bat.

Es schadet nie, sich abzusichern.

Der Fehler hätte gar nicht erst passieren dürfen. Wie hatte er Wendells Freundin, die Mörderin, übersehen können? Die Akte hatte gezeigt, dass sie nichts weiter als eine Sekretärin war.

Falsch gedacht! Und anscheinend hatte sie sich mehr für das Arschloch interessiert als erwartet.

Muss schön sein, eine Freundin zu haben, die sich tatsächlich um einen kümmert.

Wie lange war es her, dass Reaper eine Freundin gehabt hatte? Ziemlich lange. Seine Beziehungen hielten nie lange. Andererseits hatte Reaper auch nie wirklich versucht, sich mit jemandem niederzulassen. Sein Job eignete sich nicht gerade dazu.

Dennoch wäre es schön, gelegentlich zu einem romantischen Abendessen nach Hause zu kommen. Der Geruch von hausgemachtem Essen in der Luft, Kerzen, die für eine stimmungsvolle Atmosphäre sorgten, eine Frau in einem sexy Kleid, die sagt: »Schatz, du bist zu Hause.«

Das wird jetzt nie passieren.

Er würde den Löffel abgeben.

Mit schwindendem Blick und wackligen Knien ließ er sich hart auf den Beton fallen, während die Sprinkleranlage ihn durchweichte und fast das Geräusch von quietschenden Reifen überdeckt hätte.

Er sah die Scheinwerfer auf sich zukommen und blinzelte, da seine Wimpern nass waren. Er wusste, dass er aufstehen musste. Was, wenn die Frau zurückgekommen war, um ihn zu erledigen?

Ich werde einsam sterben.

Niemand außer ein paar Freunden bei der Arbeit würden es überhaupt mitbekommen. Und wer würde trauern? Er hinterließ nichts. Nicht mal jemanden, der um ihn trauerte.

Und das war wirklich ziemlich frustrierend.

Falls ich das hier überlebe, suche ich mir eine Freundin. Jemanden, der bemerkte, ob er nach Hause kam oder nicht.

Jemanden, der ihn Schatz nannte.

»Verdammte Scheiße, jemand hat Reaper angeschossen.«

»Er stirbt. Holt den Arzt aus dem Bett. Und zwar sofort!«, rief eine Stimme.

Hände griffen nach ihm und zogen ihn vom Boden hoch, wo er gelegen hatte. Reaper konnte seine Augen nicht öffnen; seine Lider waren zu schwer. Er konnte den Druck auf seinem Körper spüren. Allerdings war es nicht genug, um ihn niederzudrücken. Er schwebte.

Es schwebte über sich selbst und sah von oben auf sich hinab. *Verdammte Scheiße, das bin ja ich.* Seine Züge waren erschlafft. Überall war Blut.

Verdammt, ich bin tot. Und wo waren dann der verdammte Tunnel und das Licht? Er sah auch kein Empfangskomitee oder Heiligenscheine.

Und das konnte nur eins bedeuten.

Ich komme in die Hölle.

KAPITEL ZWEI

Werden diese Qual und Tortur jemals enden?

Wochen der Rekonvaleszenz hatten Reaper dazu gebracht, eine leichte Gereiztheit zu spüren.

Echte Männer ließen sich von Krankenhäusern nicht an ein Bett binden. Echte Männer zeigten der Vorschrift, dass man nicht aufstehen darf, den Mittelfinger.

Die meisten Männer mussten sich nicht mit monatelangen Rehabilitationsmaßnahmen auseinandersetzen, weil ihr Körper einer Infektion der Wunden erlegen war, die sie in ein Koma versetzt hatte.

Er wäre fast gestorben.

Fast.

Ich bin noch nicht tot. Wahrscheinlich weil der Teufel nicht wollte, dass er aufhörte, so gute Arbeit auf der Erde zu leisten.

Reaper würde nie sterben, wenn die Ärzte und Krankenschwestern ihn weiterhin so verwöhnten.

»Nein, ich möchte mich nicht rasieren«, knurrte er, als die Schwester ihm einen Rasierer hinhielt. »Ich werde gehen. Und zwar heute noch.« Am besten gleich. Er hatte nämlich genug von den hellgrünen Wänden, den weiß gekachelten Böden und dem typischen Krankenhausgeruch.

Verzweiflung und Tod. Das Erste ignorierte er. Verzweiflung war für Feiglinge. Er war kein Feigling.

Der Tod hingegen ... Ja, der brachte ihn zum Nachdenken. Er hatte gesehen, was kam. Das Nichts. Eine große, leere, verdammte Null.

Alles, was er jemals in seinem Leben getan hatte ...

Es bedeutete nichts, wenn er erst einmal tot war.

Das machte ihn nicht gerade glücklich.

Na und? *Ich bin eben nicht gerade der glücklichste Typ. Vielleicht sollte ich es mal versuchen.*

Was versuchen? Sich in einen stetig lächelnden Menschen voller guter Laune verwandeln?

Scheiß auf den Scheiß. Aber vielleicht war eine kleine Lebensveränderung angebracht. Er hatte Zeit zum Nachdenken gehabt. Zu viel verdammte Zeit.

Er musste einige seiner Prioritäten neu definieren. Das konnte aber erst passieren, nachdem er dieses höllische Gefängnis verlassen hatte.

Die Monate, die er im Koma verbracht hatte, dann die zusätzliche Zeit danach während der Reha bedeuteten, dass er nur mit einem kleinen Hinken zur Tür ging. Eine der Kugeln hatte einen Teil seines Oberschenkelknochens zerstört, und während der Knochen zwar geheilt war, war er nicht derselbe. Würde es nie sein.

Schusswunden veränderten immer etwas.

Die Ärzte in dieser privaten Einrichtung – die die Geschichte, dass er von einer Gang angegriffen worden war, nicht infrage stellten – hatten alle seine Verletzungen behandelt. Zurück blieben ein paar neue Narben und die Unfähigkeit, durch einen Metalldetektor zu gehen, ohne dass er ausschlug. Teils Mensch, teils Maschine.

Ich kann kein guter Attentäter sein, wenn ich nicht in Gebäude hineinkomme.

Was willst du damit sagen?

Nichts. Noch nicht.

Er streckte den Arm aus und öffnete die Tür. Er spürte kein Stechen mehr, wenn er seine linke Seite benutzte.

Die noch immer ziemlich roten Flecke von dieser Wunde hatten ihm einen Moment des Schreckens beschert, als er sie zum ersten Mal erblickt hatte. Ein paar Millimeter tiefer und man hätte ihn begraben können. Eigentlich verbrannt, denn erstens wollte er nicht, dass Würmer an seinem Gehirn kauten, und zweitens, nur für den Fall, dass er falschlag und Zombies doch existierten, hatte er nicht vor, einen seltsamen Parasiten seinen Körper benutzen zu lassen.

Ich bin nicht gestorben.

Aber nur wegen eines verdammten Weihnachtswunders. Er hätte an diesem Tag abdanken müssen.

Drei Schusswunden? Das war viel, obwohl es seine ersten Schusswunden waren und wahrscheinlich auch nicht seine letzten, wenn er seinen jetzigen Job behielt.

Der Unterschied war diesmal nicht das Koma oder die Reha. Das hatte er schon zuvor durchgemacht.

Was diesmal anders war, war die Tatsache, dass es ihm nicht egal war.

Ich wäre fast gestorben.

Die Tür des Aufzugs ging auf, als er auf den Knopf

drückte. Reaper machte ein böses Gesicht, als er sah, wer im Aufzug stand.

Er stieg ein und drückte auf den Knopf mit der Aufschrift *Empfangshalle*.

»Wo willst du denn hin?«, wollte Harry wissen – sein Chef, sein Freund, der Grund, warum er hier länger eingesperrt war als nötig.

»Nach Hause.«

»Wollten die Ärzte dich nicht noch eine Woche hierbehalten, um sicherzustellen –«

»Ich bin schon viel zu lange hier, wofür du mitverantwortlich bist, recht herzlichen Dank«, murmelte Reaper finster. Harry hatte ziemlich viele Leute geschmiert, um Reaper davon abzuhalten, das Krankenhaus schon vor Wochen zu verlassen.

»Tut mir leid, dass ich mir eben verdammt noch mal Sorgen um dich mache.«

»Dank dir wurde ich wochenlang mit Schlaftabletten gefüttert.«

»Damit dein Körper sich erholen konnte. Wir wissen doch beide, dass du versucht hättest, aus dem Bett zu entkommen, lange bevor dein Bein dazu bereit gewesen wäre.«

»Aber das hat mich verletzlich gemacht«, knurrte Reaper. Allein der Gedanke, ans Bett gefesselt zu sein, unfähig, sich zu verteidigen … Ja, das sorgte dafür, dass ihn ein Schauer überlief, den er nicht beheben konnte, indem er einfach das Krankenhaus abfackelte.

»Als du aufgewacht bist, habe ich dir angeboten, bei mir zu wohnen. Wir hätten dafür sorgen können, dass du zu Hause versorgt wirst.«

»Ich will verdammt sein, wenn ich zu dir gezogen wäre.« Harry hatte ein echtes Zuhause, mit Frau und Kindern. Ganz sicher brauchte er keinen übellaunigen, verletzten Attentäter, der sich in seine Angelegenheiten mischte. »Du hättest mich zurück nach Hause gehen lassen sollen.«

»Ich wollte nicht, dass du allein bist.«

Da war dieses schreckliche Wort wieder. *Allein.* Komisch, wie sehr es ihn störte. Das war früher nicht der Fall. Früher gefiel es ihm, allein zu sein.

Die verdammten Verletzungen hatten ihn weich gemacht.

Reaper schüttelte den Kopf. »Ich habe damals keinen Babysitter gebraucht und brauche auch jetzt keinen. Es geht mir gut.«

»Schön, das zu wissen. Ich würde dir trotzdem empfehlen, dir freizunehmen und Urlaub zu machen.«

»Ich bin durchaus dazu in der Lage, meinen Job zu machen.«

»Die Ärzte haben gesagt, du musst es langsam angehen lassen. Die Kugel steckte ganz in der Nähe deines Herzens.«

Und so hatte die moderne Medizin bewiesen, dass er tatsächlich ein Herz besaß. Und jetzt konnte Reaper die Tatsache nicht mehr ignorieren, dass es tatsächlich existierte – und einsam war.

»Ich bin schon wieder ganz auf der Höhe.«

»Ich weiß, aber als dein Chef und Freund rate ich dir, dir Zeit zu nehmen, um noch ein wenig weiter zu heilen. Es ist schließlich nicht so, als bräuchtest du das Geld.«

Die Tatsache, dass er niemanden hatte, für den er es

ausgeben konnte, bedeutete, dass sich einiges an Geld angesammelt hatte, zumal Reaper keinen ausgefallenen Geschmack hatte.

»Nehmen wir mal an, ich würde tatsächlich nicht zur Arbeit kommen, was soll ich dann machen? Däumchen drehen? Anfangen zu stricken?«

»Du könntest kochen lernen.«

»Und das von dem Typen, der sich von seiner Frau bekochen lässt.« Reaper hatte das Mittagessen gesehen, das Sherry immer für Harry einpackte. Oft war auch gesundes Gemüse dabei.

Harry grinste. »Ich kann toll grillen, vor allem Steak.«

»Aber von Steak allein kann man auch nicht leben«, bemerkte Reaper, als der Aufzug klingelte und die Tür zur Empfangshalle aufging.

»Und das von dem Mann, der sich all sein Essen bestellt.«

»Ich war ja schließlich auch nicht der, der mit dem Kochen lernen angefangen hat.«

»Gut, dann schwingst du eben nicht den Kochlöffel. Was wirst du dann tun?«

Als Erstes wollte er das Mahl genießen, das Reaper bei dem Caterer bestellt hatte, der ihn zwischen den Missionen am Leben hielt. Erstklassige Rippchen mit Kartoffelpüree, Soße und Spargel. Lecker.

Dann eine lange, heiße Dusche und ein paar Minuten mit seiner Hand. Die Monate im Krankenhaus ohne Privatsphäre hatten ihn mit einem starken Bedürfnis zurückgelassen.

Ein Bedürfnis, das eine Freundin für dich erfüllt hätte.

Eine Freundin hätte ihn auch gefragt, wer zum Teufel auf ihn geschossen hatte. Sie waren immer so neugierig.

Sobald er sauber und gesättigt war, mit den leisen Klängen von Fourplay im Hintergrund, hatte er vor, das Miststück zu finden, das auf ihn geschossen hatte.

Er wollte es dieser Frau mit gleicher Münze heimzahlen.

Harry musste es ihm am Gesicht abgelesen haben. »Wir haben sie noch nicht gefunden.«

Wahrscheinlich weil die Frau ihre Spuren geschickt verwischt hatte. »Irgendwann wird sie schon auftauchen.« Weil sie sonst ziemlich ratlos waren. Sie hatten keine Hinweise. Überhaupt keine, nicht einmal ein Bild, mit dem man hätte arbeiten können. Als Mason die Aufnahmen der Sicherheitsvideos kopieren wollte, bevor er sie löschte, stellte er fest, dass sie bereits gelöscht worden waren.

Es gab keine Zeugen, keine DNA, keine Fingerabdrücke, keine Bilder, nichts – wer war die Frau, die auf ihn geschossen hatte? Nicht Wendells Freundin – so viel stand fest.

Also, wer zum Teufel war sie? Und warum hatte sie eine Waffe dabeigehabt? Hatte ihr Arbeitgeber in diesem speziellen Job zwei Attentäter angeheuert? Er hatte behauptet, es nicht getan zu haben, als Jerome ihm einen Besuch abgestattet und ihn für eine Weile gefoltert hatte. Aber warum war sie dann da gewesen?

Hatte sie ihn mit Wendell verwechselt oder gab es jemanden, der die Welt von Reaper befreien wollte?

»Ich will nicht, dass du irgendwas im Alleingang unternimmst. Falls du die Frau findest, sag uns Bescheid und wir helfen dir dabei, sie zu kriegen.«

Mit *uns* meinte Harry die Bad Boy Inc., eine Agentur, die auf den ersten Blick rechtmäßig schien. Internationale Immobilien. Tolle Deckung für Mitarbeiter, die reisen mussten.

Unter ihren weißen Westen boten sie jedoch Spezialdienstleistungen an, die über das Dark Web verfügbar waren. Sie reichten von kleinen bis hin zu Großaufträgen. Mord und Spionage brachten das meiste Geld ein.

Die Mitarbeiter von Bad Boy waren Auftragskiller mit nur wenigen Regeln. Sie töteten keine Frauen für reiche Männer, die keine Alimente zahlen wollten, um eine andere Muschi zu ficken. Und sie töteten keine Kinder.

Aber Drogendealer, die die Grenzen eines anderen großen Dealers überschritten hatten? Die erzielten in der Regel ein hübsches Sümmchen.

Sie wollen wissen, was ein bestimmter Autohersteller in seine zweitausend und noch was Serie gesteckt hat? Bad Boy beschafft Ihnen die Entwürfe, damit Sie den Wagen vorher herausbringen können.

Aktivitäten, die nur grenzwertig legal waren, bedeuteten viel Geld. Es konnte auch gefährlich werden. Deshalb gefiel es ihm auch so.

In der Vergangenheit hatte Reaper gut allein gearbeitet. Es gefiel ihm nicht, dass Harry andeutete, dass er Unterstützung brauchte. »Ich glaube nicht, dass ich Hilfe dabei brauche, eine Frau zur Strecke zu bringen.« Mit einer einzigen Frau wurde er auch alleine fertig. Eine einzige Kugel würde das Problem lösen.

Er brauchte allerdings Hilfe dabei, jemanden zu finden, mit dem er Netflix schauen und auf der Couch entspannen konnte. Aber das durfte man bloß nicht Sherry, Harrys

Frau, verraten. Sie liebte es nämlich, Beziehungen anzustiften.

Und wäre das so schlimm, besonders in Anbetracht seiner bisherigen Beziehungen?

Harry machte sich über ihn lustig. »Natürlich willst du keine Hilfe. Schließlich bist du der große, böse Reaper.« Der Sensenmann.

»Bist du nur hier, um mir auf die Nerven zu gehen, oder hast du auch noch einen besseren Grund?«, wollte Reaper wissen.

»Ich bin hier, um dich zu fahren.«

Es hatte keinen Sinn zu fragen, woher Harry wusste, dass Reaper heute verschwinden würde. Der Mann wusste alles und war seit seiner Zeit an der Akademie ein echter Freund, was wahrscheinlich der Grund dafür war, dass Reaper herausplatzte: »Wie ist es eigentlich, verheiratet zu sein?«

Harry drehte den Kopf so schnell zu ihm, dass er fast in die Tür gelaufen wäre, doch er stieß sie im letzten Moment mit der Hand auf. »Darf ich fragen, warum du wissen willst, wie es ist, verheiratet zu sein?«

»Ich überlege, mir eine Freundin zuzulegen.« Als er das sagte, sah Harry ihn ungläubig von der Seite an.

»Wann hattest du denn das letzte Mal eine Freundin?«

»Im eigentlichen Sinne noch nie.« Reaper fuhr sich mit der Hand durchs Haar. »Ich will damit sagen, dass ich gern etwas Dauerhaftes hätte.«

»Du willst also eine feste Freundin?« Jeder andere hätte die ungläubige Note in seiner Stimme vielleicht als beleidigend empfunden.

Aber Reaper hatte absichtlich dafür gesorgt, dass er so

lange Single geblieben war. »Ich glaube schon. Ja. Ich werde älter –«

»Du bist quasi schon Methusalem.«

»Und es könnte irgendwie schön sein, jemanden zu haben, zu dem man nach Hause kommen kann. Ich meine, das muss einer der Vorteile sein, dass du mit Sherry zusammen bist.«

»Verheiratet zu sein hat viele Vorteile. Aber auch Nachteile. Vergiss nicht, dass Sherry genau weiß, was ich bin. Ich muss mich nicht vor ihr verstecken. Mit wem möchtest du dich denn treffen, jemandem von der Agentur oder einer Zivilperson?«

Reaper zuckte mit den Achseln. »Darüber habe ich noch nicht nachgedacht. Ich weiß, dass es manchen gelingt, ein Doppelleben zu führen. Das wäre also eine Möglichkeit.«

»Schon, aber es ist nicht leicht, gleichzeitig im Feld zu arbeiten. Oder ziehst du dich aus dem Berufsleben zurück?«

»Das ist was für Weicheier, die keine Eier in der Hose haben.«

»Es ist keine Schande aufzuhören, während man noch am Leben ist. Eines Tages hast du mal kein Glück mehr. Wir hatten schon gedacht, wir hätten dich diesmal für immer verloren.«

»Ich weiß.«

»Kommt daher das plötzliche Interesse an einer Freundin? Die Tatsache, dass du dir deiner Sterblichkeit bewusst geworden bist, und all diese Scheiße?« Harry traf mit seiner scharfsinnigen Bemerkung natürlich genau ins Schwarze.

»Ich finde einfach, dass es vielleicht an der Zeit ist, sesshaft zu werden.«

»Warst du nicht derjenige, der immer behauptet hat, eine Familie sei eine Belastung?«

»Ja.«

»Der behauptet hat, eine Frau und Kinder könnten als Druckmittel gegen einen Agenten genutzt werden?«

»Ja.« Reaper biss die Zähne zusammen, als ihm seine eigenen Worte entgegengeschleudert wurden.

»Es ist doch endlich mal an der Zeit, dass du zugibst, falschgelegen zu haben.«

Er stolperte und hielt sich mit der Hand an der Stoßstange des Wagens auf dem Parkplatz fest. »Ich habe nie behauptet, ich hätte falschgelegen.« Als Harry grinste, seufzte Reaper. »Okay, vielleicht waren meine Ansichten ein wenig übertrieben.«

»Ein wenig?« Harry schnaubte. »Ist ja auch egal. Ich bin nur froh, dass du es endlich einsiehst.«

»Was soll das denn heißen?«

»Es soll heißen, dass ein Mann nicht alleine durchs Leben gehen soll. Du solltest jemanden haben, mit dem du deine Erfolge feiern kannst. Jemanden, der dir durch dick und dünn zur Seite steht. Es ist wirklich an der Zeit, dass dir das klar wird und du damit anfängst, dich auf die Suche nach dieser besonderen Frau zu machen.«

»Mich auf die Suche machen?« Reaper zog die Nase kraus. »Das würde ich lieber nicht.«

»Und wie willst du dann jemanden kennenlernen? Willst du etwa in Singleclubs gehen?«, wollte Harry wissen.

»Ich werde nicht in Bars rumhängen, um die Frau

meines Lebens kennenzulernen.« Er fand betrunkene Frauen unattraktiv. Er war mittlerweile in einem Alter, in dem er mehr wollte als nur schnellen Sex.

Auch gute Gespräche wusste er zu schätzen.

»Ich wette, dass Sherry ein paar Frauen kennt.«

»Ich wette, das tut sie, aber ich weiß nicht, ob ich jemanden will, der schon in der Agentur rumgegangen ist.« Gelegentlicher Sex fand unter ihnen häufig statt, zumal es nur wenige Frauen im Feld gab. Er wollte keine Kollegen töten müssen, nur weil sie seine Freundin einmal nackt gesehen hatten.

»Wie zum Teufel willst du dann jemanden finden?«, wollte Harry wissen.

»Ich habe einen Plan.« Reaper zeigte auf eine Plakatwand, die über ihnen prangte und die aussah wie ein Herz aus Lippen, auf die ein Finger gelegt war, um sie zum Schweigen zu bringen.

Harry keuchte. »Willst du etwa die Dating Agentur Secret Match benutzen?«

Er zuckte mit den Achseln. »Mein Job ist nicht gerade dazu geeignet, Frauen kennenzulernen, also verlasse ich mich lieber auf die Profis.«

»Eine Dating Agentur, was?«

»Mach dich nicht darüber lustig. Während ich gegen meinen Willen festgehalten wurde«, Reaper sah Harry böse an, »hatte ich Gelegenheit, online Erkundungen über dieses Unternehmen einzuholen. Es hat die höchste Erfolgsrate aller Agenturen vor Ort.«

»Ich kann mir nicht vorstellen, wie du Profile ansiehst und jemanden aussuchst.«

»Das habe ich auch nicht vor. Secret Match erledigt das für einen.«

Sein Chef schüttelte den Kopf. »Du vertraust einer Firma damit, die Liebe deines Lebens für dich zu finden?«

»Ich vertraue der Mathematik und der Logik, eine geeignete Partnerin für mich zu finden.«

Wie schwer konnte das schon sein?

KAPITEL DREI

Nicht zu fassen. Für diesen Mann gibt es keine Partnerin.
In all den Jahren, in denen sie den Beruf jetzt schon ausübte, hatte Annique noch nie in diesem Dilemma gesteckt. Normalerweise hatte jeder jemanden, der zu ihm passte.

Obwohl es manchmal mehrere Anläufe brauchte, bevor man die Bedürfnisse des Individuums wirklich genau traf, um herauszufinden, was die Person wirklich glücklich machen würde. Während ihre Dating Agentur kein Happy End garantieren konnte, gelang es ihr normalerweise, eine anständige Erfolgsbilanz zu erzielen, was bedeutete, dass ihre Kunden monatelang oder jahrelang zusammenblieben, mehr als die Hälfte sogar länger. Sie hatte eine Wand mit Hochzeitsbildern von perfekten Beziehungen.

Doch schließlich hatte sie einen Mann getroffen, der sie verblüffte. Ein Mann, der auf dem Papier perfekt aussah und sich in den Interviews gut geschlagen hatte – weil sie nicht einfach jeden in ihre Kartei aufnahm. Es gab einige Leute, die nicht mit Liebe umgehen konnten. Sie verschwendete ihre Zeit nicht mit diesen Leuten. Sie wollte alleinstehende Männer und Frauen, von denen sie wusste, dass sie mit der Liebe umgehen konnten, aber einfach zu beschäftigt waren, um sie zu finden.

Sie sah C.R. Montgomerys Akte durch. Tolles Profilbild. Diese Augen, so stechend. Der Bart, ziemlich sexy. Er war mit siebenundvierzig zwar schon ein wenig älter, hatte aber keine Kinder, also kam er ohne Altlasten.

Er war fest angestellt bei einer Immobilienagentur, trug einen Anzug zur Arbeit. Besaß eine Penthousewohnung, ein Auto und ein Motorrad. Er hatte einiges auf der hohen Kante, war weit gereist und weltgewandt. Hatte eine Universitätsausbildung. Ein sauberes Führungszeugnis.

Ja, so gründlich arbeitete sie; ihr Lebensunterhalt hing davon ab. Aufgrund früherer Erfahrungen nahm sie keine Spieler mehr an. Ihr Bedürfnis, um Geld zu spielen und es zu verlieren, führte in der Regel dazu, dass sie ihre Chance auf eine glückliche Beziehung ruinierten. Sie vermied auch diejenigen, die von harten Drogen wie Oxycodon und Kokain abhängig waren. Kiffer waren jedoch in Ordnung, solange sie es nicht als Vorwand benutzten, um die ganze Zeit nur auf der Couch herumzuhängen.

Laut seiner letzten ärztlichen Untersuchung – und der Kopie des Bluttests, die er freiwillig abgegeben hatte – war Montgomery sauber.

Also, was war mit ihm los? Warum entpuppte sich jede Verabredung, zu der er ging, als Fehlschlag?

Die Frauen, die sich bisher mit ihm getroffen hatten, hatten nichts wirklich Schlechtes über ihn zu sagen.

Er ist ausgesprochen höflich.

Ein bisschen rau, aber süß.

Er redet nicht viel. Der starke, schweigsame Typ.
Sexy, außerdem riecht er gut.

Und obwohl alle seine ersten Verabredungen gut gelaufen zu sein schienen, hatte es anscheinend bei keiner klick gemacht. Er hatte keine der Frauen für eine zweite Verabredung angerufen. Die Frauen hatten außerdem durch die Bank gesagt, dass er sie wie ein Gentleman behandelt und nicht versucht hätte, sie ins Bett zu bekommen. Er hatte sie nicht mal geküsst, was bedeutete, dass er ihre Partneragentur nicht dazu benutzte, um Frauen abzuschleppen.

Und das war auch gut so. Annique nahm keine Schlampen in ihre Kartei auf, weder männliche noch weibliche. In der Liebe ging es um so viel mehr als nur Sex.

Aber warum hatte es dann bei keiner klick gemacht?

Ein Grund dafür fiel ihr noch ein. *Sag mir bitte nicht, dass es heutzutage noch verkappte Schwule gibt.*

Es war an der Zeit herauszufinden, ob Mr. Montgomery eventuell trotzdem einer war.

Sie klopfte auf ihren verglasten Touchscreen-Desktop, um einen Kanal zum Bluetooth-Kopfhörer ihrer Assistentin zu öffnen.

»Schicken Sie bitte Mr. Montgomery herein.«

Annique stand auf und strich sich den Rock glatt, der ihr bis über die Knie ging. In einer Zeit, in der die Röcke immer kürzer und enger wurden, entschied sie sich für einen schlichteren Look. Sie wollte nicht, dass die Leute sie wegen ihres Körpers bemerkten. Sie zog es vor, überhaupt nicht bemerkt zu werden.

Als Annique um ihren Schreibtisch herumtrat, öffnete sich die Tür. Mitzy – ihr rotes Haar ein lockiger Schopf um ihren Kopf, mit einer jadegrünen Brille im Cat-Eye Design – hielt die Tür auf und formte mit den Lippen: »Wow.«

Wow traf es ziemlich genau. Als Montgomery ihr Büro betrat, schien die Luft daraus förmlich zu schwinden. Wie sonst hätte sie ihr plötzliches Keuchen erklären können?

Es bestand kein Zweifel daran, dass er ausgesprochen attraktiv war. Er war groß, sehr groß. Sie war immerhin fast eins siebzig und reichte ihm nicht ganz bis ans Kinn.

Außerdem war er ausgesprochen *muskulös* und füllte sein Jackett mit breiten, wohl definierten Schultern perfekt aus. Die Knöpfe wölbten sich nicht über einem dicken Bauch. Laut seiner Akte hielt er sich fit.

Mit einem stechenden Blick seiner blauen Augen erkundete er sie und sie wäre fast errötet, als er sie genau betrachtete. Nicht auf eine laszive Art und Weise. Sein Blick verließ nie ihr Gesicht, doch ihr Körper reagierte, als hätte er sie mit seinen Augen ausgezogen.

Ihre Hormone spielten offensichtlich verrückt, weil sie schon so alt war. Ihre Freundinnen hatten sie gewarnt, dass sie plötzlich merkwürdige Bedürfnisse bekommen konnte, sobald sie vierzig überschritten hatte.

Allerdings sollte sie diese Bedürfnisse nicht bei einem ihrer Kunden entwickeln.

»Sie sind Mrs. Darlington?«

Die mit tiefer, rauer Stimme gestellte Frage riss sie aus ihrer Fantasie, in der sie gerade seinen perfekt gestutzten Bart streichelte, um herauszufinden, wie weich er war.

Reiß dich mal zusammen. Hier werden keine Bärte gestreichelt.

Sie hielt ihm die Hand hin. »Mr. Montgomery, vielen Dank, dass Sie sich die Zeit genommen haben, sich mit mir zu treffen.«

»Wie hätte ich einer Einladung der mysteriösen Besitzerin persönlich widerstehen können?«

»Mysteriös bin ich eher nicht, nur viel beschäftigt.«

»Ich weiß nicht, was Sie sich von einem persönlichen Treffen versprechen.« Er ergriff ihre Hand und sie hoffte, dass er nicht bemerkte, wie sie unter seiner Berührung erbebte. Seine Hände waren viel rauer als es die Hände eines Mannes, der im Büro arbeitete, normalerweise waren. Hatte er vielleicht Hobbys, die er in seinem Profil nicht erwähnt hatte?

Sie zog ihre Hand weg und deutete damit auf einen Stuhl. »Ich bin noch nicht dazu bereit, Sie einfach aufzugeben. Setzen Sie sich doch bitte.«

Selbst im Sitzen war er nicht weniger eindrucksvoll. Er schien noch immer einen ausgesprochen großen Teil ihres Büros auszufüllen. Anscheinend war auch die Luft dünner, da sie heftig atmete.

Er legte die Beine übereinander und lehnte sich im Stuhl zurück. Unter halb geschlossenen Augen sah er sie an. »Ich habe schon mehrmals mit Ihren Angestellten gesprochen.«

Sie hatte drei Angestellte, durch die Bank kompetente Leute, die dafür verantwortlich waren, die Profile ihrer Kunden abzustimmen. All die kleinen Details herauszufinden, die sie in ihr Programm eingebaut hatte, die dann dafür sorgten, dass sie unter all den Vorschlägen des Computers die perfekte Option für die jeweilige Person fanden. Aber manchmal reichten Fakten einfach nicht aus.

»Obwohl unsere normale Vorgehensweise bei den meisten Kunden zum Erfolg führt, ist es manchmal nötig, sich persönlich um jemanden zu kümmern.«

»Wollen Sie mir damit etwa sagen, ich bin zu kompliziert?« Er verzog die Lippen zu einem trockenen Lächeln. Das war also der Charme, von dem sie schon so viel gehört hatte.

»Vielleicht sind Sie für eine automatisierte Partnerwahl eine zu große Herausforderung für unseren Computer. Ich bin aber noch nicht dazu bereit, Sie aufzugeben. Ich weiß, dass die perfekte Partnerin für Sie irgendwo dort draußen ist.«

»Aber vielleicht ist sie nicht Kundin Ihrer Agentur.«

Mit einer Auswahl von mehreren Hunderten von Kundinnen bezweifelte sie das stark. »Ich gebe jedenfalls nicht auf.« Sie lehnte sich in ihrem Stuhl vor. »Wir müssen einfach Ihre Bedürfnisse noch weiter abstimmen, deswegen frage ich Sie auch geradeheraus: Sind Sie homosexuell?«

»Nein«, antwortete er rundweg.

»Es ist völlig in Ordnung, sich zum gleichen Geschlecht hingezogen zu fühlen.«

»Das mag schon sein, aber ich bin nicht schwul.« Er verengte die Augen zu Schlitzen und sein Mund verhärtete sich. »Ich stehe auf Frauen. Interessante Frauen, und dazu zählten die, die Sie mir für ein Treffen vorgeschlagen haben, nicht.«

»Sie waren nicht interessant?« Annique runzelte die Stirn, öffnete seine Akte auf ihrem Computer und ließ einen Finger über den Touchscreen gleiten. Mit einem Doppelklick öffnete sie ein Profil, das als Hologramm in der Luft über ihrem Schreibtisch erschien. Das Bild einer wunderschönen Asiatin um die dreißig. »Sook Leung ist

Neurochirurgin, die Forschungsarbeiten über parasitäre Aktivitäten im menschlichen Gehirn betreibt.«

»Sie redet außerdem gern über diese Parasiten, und zwar in einem medizinischen Fachjargon, der für uns alle, die wir keine Mediziner sind, eher langweilig ist.«

Sie schürzte die Lippen. Da hatte er wohl recht. Annique rief das nächste Bild auf. »Joanie Maylor.«

»Sie liebt Hunde. Große Hunde.« Er zuckte mit den Achseln. »Ich bin eben kein Hundeliebhaber.«

»Und wie ist es mit Katzen?«

»Die sind in Ordnung. Aber ich finde Haustiere allgemein eher belastend. Man muss sich um sie kümmern, sie verlieren Haare und man muss ständig zu Hause bleiben.«

»Allerdings bieten sie Zuneigung und Kameradschaft.« Als er den Kopf leicht schüttelte, trommelte sie mit den Fingern auf ihren Schreibtisch. »Ich nehme an, dass sie für jemanden in Ihrer Lage, jemanden, der viel unterwegs ist, eine Belastung wären. Schließlich sind es Ihre Geschäftsreisen, die Sie dazu bringen, eine Frau zu suchen, die versteht, wie wichtig Ihnen Ihr Job ist, und Sie nicht zu sehr einschränkt, nicht wahr?« Manchen Männern gefiel eine Frau, die wollte, dass er jede Nacht bei ihr blieb. Andere Männer bevorzugten mehr Freiraum.

»Ich werde in nächster Zeit nicht mehr so viel reisen.«

»Setzen Sie sich zur Ruhe?«

Seine Nasenflügel bebten und er sah sie wütend an. »Nein, ich hatte einen Unfall und musste mich mehreren Operationen unterziehen. Außerdem bin ich noch nicht so alt, wie ich gern noch anmerken möchte.«

»Ich wollte Sie damit nicht beleidigen oder Schlüsse auf

Ihr Alter ziehen. Es ist aber durchaus nicht ungewöhnlich, sich nach etwas anderem zu sehnen, nachdem man einen Job eine lange Zeit lang ausgeübt hat. Ein wenig Abwechslung.«

»Ich bin in meinem Job tödlich gut.« Er lächelte und in seinem Lächeln lag etwas Dunkles und Wildes, das ihre Lust ansprach.

»Ich sehe, dass Sie nicht gerade viele Hobbys angegeben haben«, bemerkte sie, rief einen weiteren Bildschirm auf und blickte auf ihren Computer, anstatt ihn anzustarren.

Er ging ihr nahe. Und zwar nicht auf eine Art, die ihr Angst machte oder unangenehm war. Sie fand ihn eher mysteriös und interessant und musste zugeben, dass sie ihn nicht von der Bettkante gestoßen hätte.

Hatte sie ihre Lektion nicht gelernt? Ein feuchtes Höschen war kein guter Grund, sich mit jemandem einzulassen. Das erlaubte sie ihren Kunden nicht, also sollte sie es schon gar nicht tun.

»Nur Leute, die sich langweilen, brauchen Hobbys«, erwiderte Montgomery.

»Aber in Ihrer Freizeit tun Sie doch sicher irgendetwas? Bootfahren? Joggen?« Er schüttelte den Kopf. »Fernsehen? Eine weiße Wand anstarren?«, stieß sie ein wenig verzweifelt hervor. Es konnte doch nicht sein, dass der Mann rund um die Uhr arbeitete.

»Ich koche und putze auch nicht. Dazu habe ich jemanden eingestellt, der sich um beides kümmert.«

»Sie können doch nicht ernsthaft nur essen, arbeiten und schlafen.«

»Ich halte mich fit.«

Ihre Miene hellte sich auf. »Das ist ein Hobby.«

»Und ich schieße.«

Sie machte sich Notizen. »Vielleicht also jemand Sportliches.« Also auf keinen Fall sie – Sport war für all diejenigen, die, ohne zu schnaufen, eine Treppe hochlaufen konnten. Sie war zwar nicht übergewichtig, aber auch kein Hungerhaken.

Und warum beschäftigte sie sich überhaupt mit dem Gedanken? Sie kam als Freundin für ihn nicht infrage.

Er runzelte die Stirn. »Sportliche Frauen haben wir schon ausprobiert. Verabredung Nummer sieben und neun.«

Sie öffnete die Profile beider Frauen als Hologramme und las sie sich durch. »Und was stimmte mit ihnen nicht?« Die Kompatibilitätspunkte beider Frauen waren ausgesprochen hoch und trotzdem hatte er sie nie angerufen, um eine zweite Verabredung auszumachen.

»Es war einfach nicht …« Er machte eine Pause, sah jedoch nicht betrübt aus, eher perplex, als fiele es ihm schwer, das richtige Wort zu finden.

Annique wusste, was er meinte. »Es war einfach nicht das Richtige.« Sie nickte. »Wenigstens haben Sie es rechtzeitig bemerkt.«

»Ja, und mir ist auch aufgefallen, dass diese ganze Sache so wahrscheinlich nicht funktionieren wird. Es war dumm von mir zu denken, es sei möglich.« Er stand auf und ragte über ihren Schreibtisch.

»Bitte gehen Sie noch nicht. Ich bin mir sicher, dass wir jemanden finden werden.« Annique stand ebenfalls schnell auf.

»Ich habe keine Lust mehr, sowohl meine Zeit als auch mein Geld zu verschwenden.«

»Das geht aufs Haus«, bot sie ihm an. »Von nun an können Sie meinen Service gratis nutzen, bis wir jemanden für Sie gefunden haben.«

Er stöhnte. »Sie machen mich zu einem Pro-bono-Fall? Wie erbärmlich.«

»Nein, das ist einfach nur guter Service. Und Sie haben recht. Sie haben bereits genug bezahlt. Und es ist nicht Ihre Schuld, dass wir noch niemanden gefunden haben. Von nun an werde ich mich persönlich um Ihren Fall kümmern.« Genau wie damals, als sie ihr Unternehmen gegründet hatte. Damals gab es nur sie und ihre Datenbank. Inzwischen war es zu einem millionenschweren Unternehmen gewachsen. Es war Zeit, zu ihren Wurzeln zurückzukehren.

»Und was genau bedeutet es, dass Sie sich jetzt um mich kümmern wollen?« Die Anspielung in seinen Worten sorgte dafür, dass ihre Wangen sich röteten.

»Es bedeutet, dass ich mich in Ihrem Fall nicht mehr auf den Computer verlasse. Ich werde Ihre nächste Verabredung höchstpersönlich heraussuchen. Bevor ich das allerdings tue, würde ich Sie gern kennenlernen, damit ich Ihre Bedürfnisse besser verstehe.«

»Und wie möchten Sie mehr über meine *Bedürfnisse* herausfinden?« Da war er wieder, dieser zweideutige Ton.

Sie legte ihre linke Hand, die sie vorher auf dem Schoß gehabt hatte, flach auf den Tisch, damit man ihren Ringfinger sehen konnte. »Wir gehen gemeinsam zu einer Verabredung.«

»Sie und ich?« Er blickte vielsagend auf ihren Ringfinger. »Sind Sie nicht verheiratet?«

Nein. Sie hätte einmal fast geheiratet, dankte aber dem

Himmel, dass sie es nie getan hatte. Sie wollte aber, dass Montgomery dachte, sie sei verheiratet, um die Grenzen klar abzustecken. »Doch, das bin ich. Was ich vorschlage, ist ja auch keine richtige Verabredung. Eher eine Fallstudie. Ich möchte sehen, wie Sie sich benehmen. Ein besseres Gefühl für Ihre Persönlichkeit bekommen.«

Ehrlich gesagt würde ich lieber ein besseres Gefühl für seinen Körper bekommen.

Verdammt, was war nur heute mit ihr los?

»Sie wollen mich beobachten, indem Sie sich mit mir verabreden.« Er lachte kurz auf. »Das ist auf jeden Fall eine ungewöhnliche Herangehensweise. Bieten Sie diese Art des persönlichen Services all Ihren Kunden an?«

Daraufhin musste sie lächeln und erwiderte neckend: »Nur den besonders schwierigen. Was halten Sie also davon? Gehen wir zusammen Abendessen, Mr. Montgomery?« Und wer war es jetzt, der flirtete? Der Arme musste von den gemischten Signalen ja ganz wirr werden.

»Warum zum Teufel nicht. Ich gebe Ihnen und Ihrer Agentur eine letzte Chance.«

»Sie werden es nicht bereuen.«

Auf seinem Gesicht erschien ein breites Lächeln. »Das hängt sicher von Ihnen ab. Wann und wo soll ich Sie also zu unserer gespielten Verabredung abholen?«

»Sie müssen mich nicht abholen. Ich mache die Reservierung und schreibe Ihnen dann per SMS, wo das Restaurant sich befindet.«

»Ich würde das Restaurant lieber selbst wählen.«

Da schien jemand Probleme damit zu haben, die Kontrolle abzugeben. Vielleicht war eine starke, unabhängige Frau nicht die richtige Wahl für ihn.

»Na gut. Schicken Sie mir also Ort und Zeit per SMS an diese Nummer.« Sie schob ihm eine ihrer Visitenkarten über den Schreibtisch, die er einsteckte, ohne sie auch nur anzusehen.

»Dann bis heute Abend, Mrs. Darlington.«

Heute Abend? Aus irgendeinem Grund machte sie dieser Gedanke nervös und sie blickte auf die Uhr, als sich die Tür schloss.

Sie hatte nur ein paar Stunden Zeit, um sich vorzubereiten, und sie verbrachte diese abwechselnd damit, vor sich hin zu starren und sich vorzustellen, wie ein großer, bärtiger Mann sie verführte, nur um sich dann für genau diese Fantasien zu schelten.

Piep. Ihr Telefon piepste und sie sah hinab.

The Menton. 19:30 Uhr.

Sofort begann ihr Herz zu rasen. Warum diese Aufregung nur wegen eines guten Essens? Oder war es eher der Gedanke, in einer intimeren Umgebung zu sein, denn das Menton war edel und romantisch?

Sie wurde rot und ihr wurde heiß. Sie war plötzlich voller Vorfreude, aber das war auch genau der Grund dafür, warum sie laut sagte: »Tut mir leid, aber nicht heute Abend.«

Das war die einzig richtige Entscheidung. Denn ganz offensichtlich würde sich ihre Anziehungskraft auf ihn als Problem erweisen. Deshalb war es auch am besten, das Ganze zu vermeiden. Ihn zu vermeiden. Zumindest so lange, bis sie ihre Libido dazu bringen konnte, sich zu beruhigen.

Es war eine ruhige und rationale Entscheidung, warum also war sie enttäuscht?

KAPITEL VIER

Tut mir leid. Ich schaffe es nicht. Wurde im Büro aufgehalten.

Abgewiesen ... und darüber hinaus auch noch belogen. Reaper trommelte auf sein Lenkrad, während er zusah, wie sie das Telefon in ihre Handtasche steckte, bevor sie mit schnellem Schritt zum Parkhaus gegenüber von ihrem Büro ging.

Warum hatte sie abgesagt?

Hatte sie andere Pläne? Vielleicht mit ihrem Freund? Weil die Tatsache, dass sie sich *Frau* nannte und nicht *Fräulein* und der Ring an ihrem Finger irreführend waren. Es gab keine öffentlichen Aufzeichnungen darüber, dass Annique Darlington verheiratet war. Miss Darlington hatte sowieso so gut wie keinen digitalen Fingerabdruck.

All diejenigen, die es seltsam fanden, dass er Mrs. D. überprüft hatte, würde er auf seine Narben hinweisen. Er hatte einmal einen Fehler gemacht, indem er nachlässig gewesen war. Das würde nicht wieder vorkommen.

»Was haben Sie vor, Mrs. Darlington?« Sie hatte auf

jeden Fall sein Interesse geweckt. Als er in ihr Büro gegangen war, hatte er viele Dinge erwartet. Eine ältere Matrone mit einem Rolodex für die Partnervermittlung. Vielleicht jemand Junges und Quirliges, der noch nicht viel in seinem Leben erlebt hatte.

Stattdessen hatte er eine Frau in den besten Jahren getroffen, nicht alt, wie er hinzufügen sollte, sondern sexy. Die leichten Krähenfüße um ihre Augen deuteten auf ihr Alter, aber ihre Haut war noch glatt, ihr Blick scharf und ihr Körper heiß.

So verdammt heiß. Er hatte einen Ständer bekommen, als er nur ihre Hand berührt hatte. Wäre sie tatsächlich verheiratet gewesen, wäre seine körperliche Reaktion auf sie unhöflich gewesen, aber Mrs. D. war Single. Ausgesprochen Single. Frei. Und doch galt sie als die erfolgreichste Heiratsvermittlerin der Stadt.

Wie gelang es einer Frau ohne Talent im eigenen Privatleben, den perfekten Partner für andere zu finden?

Er würde sie auf jeden Fall fragen müssen – wenn sie zu Abend aßen. Reaper hatte nicht vor, sich von so etwas Banalem wie einer Absage per SMS aufhalten zu lassen.

Er schrieb zurück. *Das kann ich gut verstehen. Wahrscheinlich hat Ihr Mann etwas dagegen. Lassen wir es einfach bleiben.*

Nachdem er die Nachricht abgeschickt hatte, wartete er, und natürlich kam ihre SMS kurz danach. *Mittagessen. Morgen. Im Restaurant White Oaks, zwei Minuten von meinem Büro entfernt.*

Er lächelte. *Wenn Sie darauf bestehen.*

Nachdem das erledigt war, legte er den Gang ein und fuhr in sein Büro bei Bad Boy Inc. Um den Anschein eines legitimen Immobilienunternehmens aufrechtzuerhalten, hatten sie ein ganzes Stockwerk in einem Bürogebäude gemietet. Die anderen Stockwerke beherbergten Strohfirmen.

Als er eintrat, musste er keinen Ausweis vorzeigen. Die Sicherheitsleute wussten, wer sich im Gebäude aufhalten durfte und wer nicht. Und all diejenigen, die hier nichts zu suchen hatten, bekamen auch nicht viel zu sehen.

Obwohl ihm sein verletztes Bein noch wehtat, nahm er die Treppe. In seinem Alter war es wichtig, in Form zu bleiben, wann immer sich die Gelegenheit bot. Es war eine Sache der Ehre, dazu in der Lage zu sein, die Treppe zu nehmen, ohne außer Atem zu geraten. Aber er war definitiv nicht mehr so schnell wie sonst. Blöder Knochenbruch. Sein Bein würde niemals mehr so sein wie vorher.

Er versuchte, sich davon nicht irritieren zu lassen. Immerhin konnte er noch laufen. Und er konnte sich fit halten, indem er langsam und gleichmäßig trainierte, sodass er keinen Herzinfarkt bekam. Er erinnerte sich nur allzu gut an Eddie. Er war dreiundfünfzig Jahre alt gewesen und hatte sich geweigert, langsamer zu treten.

Eddie war während einer Mission gestorben – sein Herz hatte einfach aufgegeben. Seine Zeit war gekommen und obwohl sich seine Arbeitskollegen noch an ihn erinnerten, ging all sein Eigentum an den Staat, da er niemanden hatte, dem er es vermachen konnte.

Genau wie ich. Wenn ich sterbe, habe ich niemanden, dem ich meine Sachen vererben kann oder der sich an mich erinnert.

Verdammt.

Er brauchte keinen Psychologen, um festzustellen, dass er eine Midlife-Crisis hatte. Der Moment, in dem ihm seine Sterblichkeit und sein Platz im Universum klar wurden.

Wenn er nach seinem Tod nicht einfach in Vergessenheit geraten und wenn er jemanden wollte, der auch nach seinem Tod seine Erinnerung am Leben erhielt, sodass sein Leben nicht völlig nutzlos gewesen war, würde er Frauen kennenlernen müssen, sich verabreden müssen.

Vielleicht sogar …

Nein. Denk nicht einmal daran. Sprich es nicht aus. Nicht das W-Wort. Das war viel zu endgültig, als dass er es jemals in Erwägung ziehen würde.

Eine gemeinsame Wohnung.

Allein der Gedanke hätte ihm fast ein höchst unmännliches Wimmern entlockt. Mit jemandem zusammenzuwohnen. Seinen Wohnraum und seine Sachen teilen zu müssen. *Meinen Wohnraum, meine Sachen.*

Mein Bett.

All das hatte ihm so lange allein gehört. Er wollte nicht teilen. Natürlich lud er gelegentlich Freunde ein. Aber eben nicht besonders oft, ein Mann brauchte nämlich seine Freiräume. Aber mit einer Frau zusammenzuleben, ihre Zahnbürste neben seiner, Tampons im Badezimmerschrank.

Verdammt.

Da würde er lieber einen fremden Planeten besuchen. Dort gab es im Moment wahrscheinlich mehr Sauerstoff als in seiner Lunge. Niemand hatte ihm jemals erklärt, dass eine Midlife-Crisis von epischen Ausmaßen einen Mann dazu bringen konnte, das Atmen zu vergessen.

Er kam im Empfangsbereich von Bad Boy Inc. an.

Harrys Frau, Sherry, hatte für heute schon Schluss

gemacht, aber der Schreibtisch blieb besetzt. Immobilien, insbesondere die internationalen, gingen rund um die Uhr. Immobilien auf der anderen Seite der Welt war es egal, ob es drei Uhr morgens ihrer Zeit war. Geschäfte mussten gemacht werden – und mit Geschäften meinte er die besondere Art, die Planung und Täuschung beinhaltete.

»Hey, Wendy.« Er wusste es besser, als an der temperamentvollen jungen Frau vorbeizugehen, die frisch von einer Akademie in Australien kam, ohne Hallo zu sagen. Eine Schülerin einer Art Absolventenaustauschprogramm mit anderen Orten, die Leute wie ihn lehrten – Mörder und Spione und Diebe, oh verdammt noch mal! –, wie man überlebt und die Mission beendet.

Weil es um die Mission ging – und manchmal auch um die Rettung der Welt. Wenn der Preis stimmte.

»Sollten Sie nicht zu Hause sein und sich ausruhen?« Wendy zog ihre Nase mit den Sommersprossen kraus. »Ich werde dem Chef sagen müssen, dass Sie wieder mehr als fünfzig Stunden die Woche arbeiten.«

»Oder du könntest lügen und behaupten, mich nicht gesehen zu haben.«

»Da würden die Kameras aber eine andere Geschichte erzählen.«

Trotz allem, was die meisten erwarten würden, war Wendy keine leichtfertige, *gelassene* Bürokraft. Sie handelte selbst streng nach Vorschrift und so führte sie auch das Büro.

Ah, die Jugend und ihre Unschuld. Mit ihren Idealen. Sie würde es auch noch lernen.

»Hat Mason etwas über die Ballistik aus dem Labor in Frankreich erfahren?« Als dem Labor vor Ort nicht gelungen war, die Kugeln zu identifizieren, mit denen auf ihn geschossen worden war, hatten sie sie ins Ausland geschickt. Sie hatten es noch nie mit einer Silberkugel zu tun gehabt, in der sich eine besondere Art von Keramikscherbe befand. Diese war nur so groß wie ein Sandkorn. Sie hatten sie erst während einer Röntgenaufnahme bemerkt. Sie hatten es erst für einen Fleck gehalten, einen Fehler, bis sie auf jeder einzelnen Aufnahme aufgetaucht war.

»Das Labor in Frankreich hat uns seine Resultate geschickt. Auch sie konnten es nicht genau identifizieren.«

Sie waren erneut in einer Sackgasse gelandet und hatten jetzt auch keine Kugeln mehr. Schließlich waren es nur drei gewesen.

»Hat sich Interpol schon bei uns gemeldet?« Interpol ist die weltweite Version des FBI.

»Noch nicht.« Wendy zuckte mit den Achseln. »Wir haben sie darum gebeten, die Kugel mit ihrer Datenbank zu vergleichen. Jetzt müssen wir nur noch darauf warten, dass sie es auch tatsächlich tun.«

»Weißt du was, in der heutigen Zeit gibt es keine Ausrede für derartige Verzögerungen«, sagte er verärgert. Der Unfall war schon fast ein Jahr her und seit zwei Monaten nutzte er bereits den Service der Partnervermittlung.

Auf diese Art von Dingen warten zu müssen, gefiel ihm nicht. Er, der Mann, der zehn Stunden und dreiunddreißig Minuten lang auf den perfekten Schuss gewartet hatte, hatte keine Geduld.

Er wollte den Schützen unbedingt finden. Besonders wenn es regnete und sein Bein wehtat.

Außerdem wollte er jetzt endlich eine Freundin haben. Er hatte genug versagt. Was dies anging, musste er Erfolg haben.

»Sie haben eine neue Kundenanfrage auf dem Schreibtisch«, bemerkte Wendy und wechselte das Thema.

»Sehr gut.« Seitdem er von den Missionen ausgeschlossen worden war, kümmerte er sich tatsächlich darum, Immobilien zu verkaufen. Er verkaufte Häuser in der Gegend und auch weiter entfernt, und zwar im Ernst und nicht nur als Teil seiner Deckung. In einigen Fällen gab er jedoch auch anderen im Büro Deckung. Zum Beispiel schickte er Kacy zu einer Inspektion eines Grundstücks in Florida, während sie in Wirklichkeit als geheime Personenschützerin unterwegs war.

Er war der Immobilien-Puppenspieler. Das klang dumm. Und dann war da noch die Sache, die ihn am meisten aufregte ...

Es gefällt mir. Er, der Mann, der aus dem Flugzeug sprang, zu Jachten tauchte und einmal sogar auf einer Gala einen Mann getötet hatte mit nichts weiter als der Nadel seines Manschettenknopfes, genoss das Verhandeln, um einen Verkauf abzuschließen.

Allerdings hatte er es auch mit besonders hochwertigen Immobilien zu tun, mit einem Wert von einer Million Dollar und mehr. Einige waren Wohnhäuser, aber meistens handelte er mit gewerblichen Gebäuden.

Und er wusste, wie man sie verkauft. Nicht zu hartnäckig. Man gab dem Kunden einfach die wirklich wichtigen Details an die Hand. All die Dinge, die dem Käufer in Zukunft Gewinn bringen würden. Wenn sie das Gefühl hatten, dass ihnen viele Dollar winkten, konnten sie die Papiere gar nicht schnell genug unterschreiben.

Ein Geschäft abzuschließen sorgte für einen besonderen Nervenkitzel, und zwar einen, der ihn nicht umbringen würde. Er feierte jedes Mal mit einem auserlesenen Steak und der teuersten Flasche Wein. Und genoss es auch außerordentlich.

Es schien ein Verrat an allem, für das er stand. An allem, was er je getan hatte.

Ich sollte da draußen sein und eine echte Mission fordern. Mich wieder in Gefahr begeben und den Adrenalinschub genießen.

Nach dem High kam jedoch der Crash.

Ich werde langsam zu alt dafür.

Das würde er aber nie aussprechen. Er tat so, als hätte er es nicht einmal gedacht.

Hör auf, Zeit zu schinden. An die Arbeit.

Reaper setzte sich auf seinen Stuhl und schaltete seinen Verstand in den Arbeitsmodus, indem er durch die Akten blätterte und notierte, welche funktionieren würden und welche weitere Nachforschungen erforderten, um die Rentabilität zu bestimmen. Er machte sich Notizen über die Nähe zu anderen Standorten. Missionsschauplätze, die als echte Unternehmen getarnt waren. Für die meisten Aufträge war nichts allzu Außergewöhnliches erforderlich – und die Agentur würde gleichzeitig einen ordentlichen Gewinn erzielen.

Als er seinen Stapel durchgearbeitet hatte, wandte er sich einem anderen Ordner auf seinem Computer zu, der von Firewalls gesichert war und nur für ihn und den Techniker, der ihn eingerichtet hatte, zugänglich war. Er enthielt eine einzige Akte.

Ihre Akte. Die der Frau, die auf ihn geschossen hatte.

Eine Frau, die immer noch keinen Namen hatte, weil Reaper immer wieder in einer neuen Sackgasse endete. Da er nur ein wenig technisch versiert war, hatte er es seinem Kumpel Mason überlassen.

Der Junge – wenn man einen über Dreißigjährigen denn einen *Jungen* nennen konnte – hätte einen Kühlschrank so programmieren können, dass er dir sagt, du solltest deinen fetten Arsch von ihm fernhalten und die Reste nicht essen.

Außerdem kam er ganz gut damit klar, bei einer Geschwindigkeit von über einhundert Stundenkilometern aus einem Wagen zu hängen.

Mason hatte seinen Kühlschrank so eingestellt, dass er ihn jeden Morgen mit »Sir« ansprach.

Der Mann, der jedes technische Gerät beherrschen konnte, konnte allerdings ebenfalls nichts über die Schützin herausfinden.

Reaper würde die Frau, die auf ihn geschossen hatte, vielleicht nie finden.

Und um der ganzen Schmach auch noch die Krone aufzusetzen, hatte es Reaper nun mit einer weiteren Frau zu tun, die keine Vergangenheit zu haben schien.

Mrs. Eigentlich-nicht-verheiratet, Annique Darlington. Sie hatte fast keine Vergangenheit. Montgomery konnte kaum etwas über sie herausfinden, genauso wenig wie Mason.

Auf seinem Bildschirm erschien ein Chat-Fenster, allerdings ohne Audio oder Kamera. Sie tippten alle Nachrichten und schickten sie durch verschlüsselte Kanäle – nur für den Fall, dass jemand zuhörte oder sie beobachtete.

Mason: *Machst du das absichtlich?*

Reaper: *Wie meinst du das?*

Mason: *Diese Frau, Mrs. Darlington, scheint kaum zu existieren.*

Das war ihm auch schon aufgefallen.

Reaper: *Was hast du herausgefunden?*

Mason: *Warte kurz, ich schicke es dir.*

Es waren kaum mehr als ein paar Zeilen. Und diese waren noch nicht einmal sehr informativ.

Eine Couch bei Sears gekauft. Blaues Karomuster. Ausgesprochen solide.

Im Kino gewesen, um *Die Mumie* zu schauen.

Nicht sein Geschmack, aber immerhin war es kein typischer rührseliger Frauenfilm.

Es gab keine Anzeichen dafür, dass sie Haustiere hatte. Nicht einmal einen Fisch.

Reaper schickte seinem Technikerfreund schnell eine Nachricht.

Reaper: *Mehr hast du nicht herausgefunden? Das kommt mir wirklich wenig vor. Schließlich ist die Frau einundvierzig.*

Ein solides Alter und man hätte eigentlich meinen sollen, dass sie mehr Abdrücke in der digitalen Welt hinterlassen hätte.

Seine Antwort kam ziemlich schnell.

Mason: *Ich suche noch weiter, aber es sieht fast so aus, als hätte jemand ihre Spuren verwischt.*

Ist sie vielleicht eine Agentin? Reaper behielt den Gedanken für sich, besonders, da es weit hergeholt klang, obwohl er es natürlich nicht ganz ausschließen konnte.

Schließlich war es ja nicht so, dass Attentäter und andere Söldner durch die Gegend liefen und dabei herausschrien, wer sie waren und was sie taten. Normalerweise lebten sie geheim unter Decknamen und nahmen ihre Aufträge anonym über das Dark Web oder Agenturen wie Bad Boys Inc. an.

Sieh doch nur mich an. Niemand weiß, was ich hier wirklich tue.

Harry war der Geschäftsführer. Er fand die Aufträge und stellte sie ihnen vor. Manchmal nahm er welche für sie an. Nie mehr, als sie bewältigen konnten. Und normalerweise gab es zwischen den einzelnen Missionen Pausen.

Attentäter und Spione und Ähnliches lebten unter den ganz normalen Leuten. Reaper konnte nicht einmal so tun, als würde er sie alle kennen. Bad Boy Inc. war nur eine Agentur. Die Akademie, an der er seine Ausbildung genossen hatte, nur eine von vielen.

Mason: *Ist sie vielleicht eine Agentin?*

Sein Freund stellte genau die Frage, über die er gerade selbst nachgedacht hatte. Er schrieb eine Antwort.

Reaper: *Ich weiß es nicht.*

Und was noch viel schlimmer war, es war ihm nie in den Sinn gekommen. Was ziemlich dumm war. Warum nur machte er immer wieder diese dämlichen Fehler? Wie konnte er es zulassen, dass eine harmlose Fassade dazu führte, dass seine Wachsamkeit nachließ?

Weil er sein Leben darauf verwettet hätte, dass sie keine Agentin war. Und er musste es schließlich wissen. Dazu waren ihre Hände einfach zu weich.

Es dauerte ein paar Minuten, bis Mason antwortete.

Mason: *Aber sieh dir mal die Fakten an. Bis vor sechs Jahren, als sie in diese Stadt gezogen ist, gibt es kaum Informationen über sie. Sie hat mit einer Online-Partnervermittlung angefangen, die sich dann zu einer personalisierten Version gemausert hat. Sie hat immer in der gleichen Wohnung gewohnt. Auch ihre Kreditkarten wurden nicht genutzt, bevor sie hierhergezogen ist.*

Reaper: *Vielleicht war sie verheiratet und alles war in seinem Namen. Wie sieht es mit einem Führerschein und Steuernachweisen aus?*

Schließlich war es ziemlich schwer, Steuernachweise zu fälschen.

Mason: *Sie gibt Steuererklärungen ab und zahlt ihre Steuern, seit sie neunzehn Jahre alt war. Ihr Führerschein wurde in einem anderen Staat ausgestellt. Ihre Geburtsurkunde sieht echt aus. Aber ich sage dir eins, sie ist zu sauber. Fast ein unbeschriebenes Blatt.*

Ein Anzeichen für Professionalität. Oder jemanden, der sich versteckt.

Auf jeden Fall war diese seriöse Frau auf der Interessenskala um einige Punkte gestiegen.

Er konnte es kaum erwarten, mit ihr zu Mittag zu essen.

KAPITEL FÜNF

Die Zeit verging viel zu schnell. Kaum dass sie sich versah, stand das Mittagessen mit Montgomery unmittelbar bevor.

Was habe ich mir nur dabei gedacht?

Er hatte sie ganz einfach vom Haken gelassen. Erklärt, dass er lieber nicht weitermachen würde. Annique hätte einfach nur sagen müssen: »Tut mir leid, ich wünsche Ihnen mehr Glück mit der nächsten Partnervermittlung.«

Stattdessen saß sie jetzt hier, an einem Tisch für zwei, in einer Ecke weit weg von den anderen Leuten, und wartete auf einen Mann, der sie letzte Nacht in ihren Träumen zum Zittern gebracht hatte.

Und zwar nicht vor Kälte. Es hatte sich eher um das warme, sinnliche Erbeben gehandelt, das sie geweckt hatte – und erregt. Denn in ihrem Traum hatte er schlimme Dinge mit ihr angestellt.

Und zwar nackt.

Und das war so verdammt gut gewesen, dass ihre Muschi bei dem bloßen Gedanken daran bebte.

Könnte die Realität allerdings mit der Fantasie mithalten? Normalerweise war es so, dass die tatsächliche Realität keine Chance hatte.

Es gibt nur einen Weg, das herauszufinden. Nämlich, ihn anzufassen.

Auf keinen Fall würde sie ihn anfassen. Was war nur mit ihr los?

Schließlich bist du rein geschäftlich hier. Ge-schäft-lich. Sie dehnte das Wort in ihrem Geist und versuchte, sich zu konzentrieren. Um sich abzulenken, blickte sie auf ihr Handy. Nichts zu sehen.

Keine SMS. Und das war auch gut so. Früher hatte es immer mit Nachrichten begonnen.

Vielleicht lag Mitzy auch falsch. Nur weil jemand angerufen und behauptet hatte, er sei Joel, bedeutete das noch lange nicht, dass es sich um *den* Joel handelte.

Er kann es nicht sein. Sie war dabei gewesen, als er erschossen wurde.

Er ist tot. Es gab keinen Grund zu fliehen. Ein Anruf bedeutete gar nichts. Wahrscheinlich hatte sich nur jemand verwählt.

Aber genauso ist es das letzte Mal auch losgegangen.

Weil er sie immer fand.

Ihr immer wehtat.

Sein Tod war vollkommen gerechtfertigt gewesen. Sie hatte noch immer Albträume davon.

Ein prickelndes Gefühl in ihrem Nacken brachte sie dazu, sich im Restaurant umzusehen. Die Tische waren ziemlich voll besetzt, Leute unterhielten sich, benahmen sich ganz normal.

Kein Psychopath mit einem Messer weit und breit. Die Narbe auf ihrem Brustkorb prickelte.

Sie wäre fast gestorben. Hätte fast ihr Leben verloren, weil sie in der Liebe versagt hatte. Woran lag es nur, dass sie nie für sich selbst die Liebe finden konnte, sondern immer nur für andere?

Das Prickeln hörte nicht auf. Sie sah sich erneut um, sogar nach links. Dort befand sich allerdings nichts außer dem Flur, der zu den Toiletten führte, und die Schwingtür zur Küche.

Sie rieb sich den Nacken, konzentrierte sich wieder auf ihr Telefon und sah nach, wie spät es war.

Sie war zwanzig Minuten früher gekommen, weil sie noch etwas trinken wollte, um ihre Nerven zu beruhigen.

Warum bin ich so nervös? Er ist nichts weiter als ein Kunde.

Erklär das mal dem bebenden Verlangen in ihrem Inneren. Man könnte meinen, es handelte sich um eine echte Verabredung.

Das hier ist keine Verabredung. Sie traf sich nur mit Montgomery, damit sie sehen konnte, wie er sich verhielt. Beobachten, wie er sozial interagierte. Damit sie seine Persönlichkeit und seine Bedürfnisse besser verstehen konnte, um die perfekte Partnerin für ihn zu finden.

Ich habe niemanden für ihn. Er war viel zu komplex für die Frauen, die sie in der Datenbank hatte. Zu rau und zynisch.

Die Tatsache, dass er so skeptisch war, war sein größter Fallstrick.

Und das, was ihn so sexy machte.

Sie verstand Zynismus. Alle Menschen waren eigentlich gleich. Sie hatten dieselben Grundbedürfnisse, nur in verschiedenem Ausmaß. Und sie suchte Paare gemäß dieser Grundbedürfnisse aus.

Aber das Problem mit Montgomery war eben einfach, dass seine Grundbedürfnisse, obwohl sie zu vielen Frauen passten, ihn davon abhielten, dass es klick machte.

Er brauchte einfach mehr.

Zum Beispiel mich. Die Tatsache, dass sich das so richtig anhörte, sorgte dafür, dass sie die Augen schloss.

Ich sollte die Verabredung absagen. Wenn sie blieb, würde es böse enden. Sie könnte verschwunden sein, bevor er ankam, in ihrem Büro sitzen und darauf warten, dass der falsche Joel erneut anrief.

Mit ihren Fingern mit den kurzen Nägeln begann sie, eine Nachricht zu schreiben, in der sie dieses Mittagessen absagen wollte, als ein Schatten über sie fiel und der Duft seines Rasierwassers ihr in die Nase stieg.

Es war zu spät. Und was noch schlimmer war, er würde sie gleich bei einer Lüge erwischen. Sie versuchte, ihr Telefon zu verstecken. Allerdings war sie nicht schnell genug.

»Wollen Sie sich wieder drücken, Mrs. Darlington?« Es war offensichtlich, dass er sich über sie lustig machte, und sie sah ihn an.

»Es ist etwas vorgefallen, sodass ich zurück ins Büro muss.«

»Aber natürlich.« Er ließ seinen Körper mit den breiten Schultern auf die Bank ihr gegenüber gleiten. »Dann gehen Sie schon. Machen Sie sich um mich keine Gedanken.« Er winkte ab. »Ich kann auch alleine zu Mittag essen. Schließlich bin ich schon ein großer Junge. Das halte ich aus.«

Sie biss sich auf die Unterlippe. »Ich will Sie wirklich

nicht immer wieder versetzen.« Aber es war wichtig, ihm aus dem Weg zu gehen. Wenn er ihr nämlich so nahe war, konnte sie spüren, wie sie schwach wurde und ihr Körper schmolz. Sich an Stellen aufheizte, die man nicht in der Öffentlichkeit zeigen durfte.

»Natürlich wollen Sie das nicht.« Er sagte es so glatt und klang dabei so ehrlich. Warum hatte sie trotzdem das Gefühl, dass er sich über sie lustig machte?

Dieser schlaue Fuchs will mich ködern. Er sprach sie von ihrer Schuld frei, wobei er allerdings ein wenig übertrieb.

Er spielt mit mir.

Doch anstatt ihre Tasche zu nehmen und zu verschwinden, ließ sie sich gegen die Lehne der Bank fallen.

»Sie sind viel zu früh dran.«

»Genau wie Sie«, stellte er fest.

»Ich hatte Durst.«

»Und ich sehe mir gern erst mal die Orte an, bevor es losgeht.«

»Suchen Sie nach einem Fluchtweg, falls die Verabredung nicht so gut läuft?«, wollte sie wissen.

»So ungefähr. Ich bin gern vorbereitet.«

Sie legte den Kopf schief. »Macht es sie so nervös, mit einer Frau zu Abend oder zu Mittag zu essen?«

»Ja.« Er lächelte.

»Und warum haben Sie Angst vor uns?«

Er antwortete nicht sofort, weil er erst einen Eistee für sich und einen weiteren Drink für sie beim Kellner bestellte.

Warum auch nicht? Schließlich war sie nüchtern in diese Situation geraten. Vielleicht half ihr Alkohol dabei, den nötigen Mut aufzubringen, um aufzustehen und zu gehen. Sie nahm den Faden ihrer Unterhaltung wieder auf. »Wenn Frauen Ihnen Angst machen, warum wollen Sie sich dann mit ihnen verabreden?«

»Es sind ja nicht alle Frauen. Und *Angst machen* ist vielleicht auch nicht das richtige Wort. Es ist eher so … Haben Sie sich schon mal an einem Ort wiedergefunden, an dem Sie sich völlig fehl am Platz vorkamen? Als würden Sie eine Rolle spielen, die nicht zu Ihnen passt?«

»Als wollte man eigentlich nur so schnell wie möglich verschwinden?« Das kam ihr nur allzu bekannt vor. In ihrem Fall bedeutete das Verschwinden jedoch Bestrafung. »Wollen Sie damit etwa sagen, dass Sie sich für diese Frauen als jemand anderes ausgeben, als sie tatsächlich sind?«

»Das tue ich sogar jetzt gerade.«

Sie stützte sich mit den Ellbogen auf den Tisch und konnte nicht umhin, ihn genau zu betrachten, die markanten Züge seines Gesichts, die von seinem Bart noch unterstrichen wurden. Seine sinnlichen Lippen, die durch den Bart besonders hervorgehoben wurden.

»Wenn Sie mich anlügen, wird diese ganze Sache nicht funktionieren, ich muss Sie so kennenlernen, wie Sie wirklich sind.«

»Und was, wenn mein wahres Ich im konventionellen Sinne keine besonders nette Person ist?«

»Töten Sie kleine Tiere?«

»Nein.«

»Entführen Sie Frauen, um sie zu vergewaltigen, zu töten und dann in namenlosen Gräbern zu verscharren?«

»Schon länger nicht mehr.« Ein Lächeln umspielte seine Mundwinkel.

»Und mögen Sie Ihre Partner im Bett lebend und volljährig?«

Er verschluckte sich. »Ja, so wie es jeder tun sollte.«

»Dann sind Sie wahrscheinlich ziemlich in Ordnung. Die meisten Leute sind nicht nett. Zumindest nicht zu hundert Prozent. Sie lügen. Sie betrügen bei der Steuererklärung. Manchmal nehmen sie Dinge von der Arbeit mit. Das ist nur menschlich.«

»Aber manche Menschen haben verborgene Geheimnisse.«

»Das stimmt. Andererseits, solange sie ihre Kinder und Freunde nicht verprügeln, wird es schon nicht so schlimm sein. Jeder liebt sein Leben eben anders.«

Er starrte sie an. Wahnsinnig intensiv. »Was wäre, wenn ich Ihnen sage, dass ich ein internationaler Berufsattentäter bin und mir gerade überlege, ob ich mich aus diesem Beruf zurückziehen soll, um Immobilienmakler zu werden?«

Sie kicherte. »Attentäter ziehen sich nicht aus dem Berufsleben zurück.«

»Was wissen Sie schon über Attentäter?«

Annique zuckte die Achseln und sah auf die Speisekarte hinab anstatt zu ihm. Genau in dem Moment kam der Kellner an ihren Tisch und nahm ihre Bestellungen entgegen, bevor er wieder ging.

Montgomery starrte sie noch immer an.

Sie versuchte, nicht zu zappeln. Aber schließlich hielt sie es nicht mehr aus. »Sie machen mich nervös. Wenn Sie bei einer Verabredung sind, sollten Sie versuchen, nicht so lange zu starren.«

»Und warum nicht? Darf ein Mann die Frau nicht bewundern, mit der er isst?«

Annique schürzte die Lippen. »Nur, solange es nicht gruselig wird.«

»Haben Sie mich etwa gerade gruselig genannt?«

»Nur, wenn Sie mich so anstarren.«

Montgomery lachte bellend. »Und wenn ich nicht starren darf, was soll ich dann tun? Vielleicht anfassen?« Seine Mundwinkel verzogen sich zu einem schiefen Lächeln.

»Auf keinen Fall anfassen, nicht bei der ersten Verabredung.«

»Aber würde Händchen halten nicht eine besondere Verbindung herstellen?« Er griff nach ihrer Hand, die auf dem Tisch lag. Die Berührung verursachte ihr eine Gänsehaut. Sie versuchte, die Hand wegzuziehen. Er ließ sie nicht los. »Sie machen mich schon wieder nervös.«

»Ich kann mir gut vorstellen, dass ein feuchtes Höschen unangenehm ist. Männer haben es da etwas leichter, auch wenn zu enge Jeans alles andere als angenehm sind.«

Annique war sprachlos. Ihr blieb buchstäblich der Mund offen stehen. »Sie haben doch wohl nicht gerade angedeutet, dass ich – ich –« Sie konnte es einfach nicht wiederholen.

»Doch, habe ich.« Und noch dazu zwinkerte er ihr zu.

»Also, Ihr Verhalten ist …«

»Zu Ihrem Vorteil.« Er amüsierte sich auf ihre Kosten. »Und das haben Sie sich auch verdient. Mit mir zu Mittag zu essen, um festzustellen, ob ich normal bin oder nicht. Das ist ziemlich unhöflich.«

»Es ist viel unhöflicher, mich so an der Nase herumzuführen.«

»So wie es aussieht, gehört Sinn für Humor wohl nicht zu den Eigenschaften, die Sie für Ihre Kunden benötigen.«

Sie sah ihn böse an. »Es ist nicht nett, andere aufzuziehen.« Besonders dann nicht, wenn er damit zu nahe an der Wahrheit dran war. Ihr Höschen war feucht.

»Es ist nur Aufziehen, wenn ich darauf keine Taten folgen lasse. Und ich bin mehr als bereit dazu.«

Ihre Wangen röteten sich und sie senkte den Kopf, um ihre Hände anzustarren. »Das ist wirklich ausgesprochen ungehörig. Schließlich bin ich eine verheiratete Frau.«

Er lachte. »Die Ehe ist doch eine Farce.«

»Wenn Sie nicht an die Ehe glauben, warum suchen Sie dann eine Partnerin?«

Er hob die Schultern und ließ sie dann wieder fallen. »Wer möchte sein Leben nicht mit jemandem verbringen?«

»Manche Leute sind allein glücklich und haben nur selten das Bedürfnis nach menschlichem Kontakt.«

»Gehören Sie auch zu diesen Leuten?«

Sie wollte nicht allein sein. Es waren die Umstände, die es erforderten. Und die Furcht war der Grund dafür, dass sie es nicht änderte. »Es geht hier nicht um mich.«

»Nein, denn bei dieser Farce eines Mittagessens geht es nur um mich und meine Unfähigkeit, eine passende Partnerin zu finden.« Er verdrehte die Augen. »Vielleicht sollte ich das tun, was alle Männer tun, wenn sie ein gewisses Alter erreichen.«

»Für Sex bezahlen?«

Belustigt zuckte er mit den Mundwinkeln. »So verzweifelt bin ich noch nicht. Obwohl es definitiv eine Alternative ist.«

»Sie haben etwas Besseres verdient als eine Trophäenfrau, die es nur auf Ihr Geld abgesehen hat. Dieser Art von Frau sind Sie egal.«

»Allerdings sind sie ziemlich gut darin, so zu tun als ob. Vielleicht reicht das ja.«

Sie konnte die Resignation in seiner Stimme hören. »Sie sollten sich nicht mit jemandem einlassen, der so falsch ist.«

»Und warum nicht? Immerhin wären meine Ansprüche an sie geringer.«

»Das ist ziemlich gefühlskalt.«

»So ist das Leben, Schätzchen.«

»Nennen Sie mich nicht so.«

»Wie soll ich Sie denn dann nennen? Ich möchte Ihnen jedenfalls keinen Kosenamen geben, der Ihren *Ehemann* verärgern könnte.« Er sagte *Ehemann* erneut mit diesem spöttischen Unterton.

Wusste er Bescheid? Das sollte er eigentlich nicht. Alle Kunden bekamen dieselbe Lüge vorgesetzt.

»Wenn Sie meinen Nachnamen nicht benutzen möchten, können Sie mich Annique nennen.«

»Annique.« Er ließ sich ihren Namen auf der Zunge zergehen; betonte ihn leise und rau. »Ist das nicht Französisch?«

»Allerdings. Meine Mutter reiste gern, bevor sie Kinder hatte, und hat mir und meinen Geschwistern allen exotische Namen gegeben. Mein Bruder heißt Tanis. Und meine kleine Schwester heißt Jasmine. Haben Sie Geschwister?«

»Nein«, antwortete er kurz angebunden und sie spürte,

wie er sich geistig zurückzog, deswegen beugte sie sich vor und nahm seine Hand, die auf dem Tisch lag.

Er zog sie weg. »Ich dachte, Sie hätten gesagt, nicht anfassen.«

»Wenn Sie flirten. Um jemanden zu trösten, ist es in Ordnung.«

Er sah bestürzt aus. »Ich muss nicht getröstet werden.«

»Sind Sie sicher? Sie haben eine ziemlich heftige Reaktion auf eine einfache Frage.«

»Ich spreche nicht über meine Familie«, sagte er steif.

Als sie diesmal seine Hand ergriff, zog er sie nicht weg.

Warum habe ich überhaupt nach ihr gegriffen? Sie hatte es nicht vorgehabt. Besonders nicht, da ihr Körper so heftig auf ihn reagierte.

»Na gut, dann reden Sie eben nicht über sie, wenn Sie das nicht wollen. Sie sollten aber wissen, dass während einer Verabredung früher oder später jemand danach fragen wird. Das ist Small Talk für Anfänger. Es wird auftauchen und dann müssen Sie damit umgehen können.«

»Meine Familie hat nichts damit zu tun, wer ich bin.«

»Unsere Familie, beziehungsweise die Art, wie wir mit ihr interagieren, definiert bestimmte Aspekte unserer Persönlichkeit.« Genau wie Joel bestimmte Aspekte ihrer Persönlichkeit verändert hatte – deswegen schreckte sie noch monatelang danach zusammen, wenn sie Schritte hinter sich hörte, und der Geruch des Meeres erregte bei ihr Übelkeit.

»Meine Familie beeinflusst mich schon lange nicht mehr. Seit ich ein Teenager bin, bin ich Waise.«

»Und jetzt stellen Sie fest, dass Ihnen etwas im Leben fehlt? Deswegen sind Sie auch zu meiner Partnervermittlung gekommen. Sie wollen Liebe und eine Familie.« Es bestand doch noch Hoffnung für ihn.

Er machte ein böses Gesicht und zog seine Hand weg. »Reden wir hier nicht so einen Stuss. Bei Ihnen höre ich mich ja an wie ein Weichei. Ich bin zu Ihnen gekommen, weil ich ein vielbeschäftigter Mann bin, der keine Zeit hat, sich selbst in der Szene nach der richtigen Frau umzusehen.«

»Sie scheinen mir auch ziemlich gereizt.«

»Und selbst wenn? Auch Rosen haben Dornen.«

Aus irgendeinem Grund brachte sein Vergleich sie zum Lachen und er starrte sie an.

»Warum ist das so lustig?«, wollte er wissen.

Ein belustigtes Kichern kam ihr über die Lippen. »Weil Blumen zart sind. Und das sind Sie auf jeden Fall nicht.«

Er schauderte. »Lassen Sie diesen Gedanken sofort fallen.«

»Falls wir schon Vergleiche anstellen möchten, würde ich eher sagen, dass Sie eine Blockhütte in der Wildnis sind.«

»Wollen Sie das als wild bezeichnen?« Er zeigte auf seinen Anzug und die perfekte Krawatte.

»Ich nenne das kaum an die Zivilisation gebunden.«

Er lehnte sich nach vorne, seine Augen leuchteten vor Belustigung. »Wollen Sie damit etwa andeuten, dass sich unter meinem Äußeren ein anderer Mann versteckt, einer mit weniger Regeln und Skrupeln?«

»Es liegt an Ihnen, mir das zu erzählen. Was treibt Sie an, Mr. Montgomery?« Und was versteckte er unter diesem Hemd? *Ich würde wetten ein Sixpack.*

»Ist es nicht langsam mal an der Zeit, dass wir anfangen, uns bei dieser falschen Verabredung zu duzen?«

»Ich nenne dich jedenfalls nicht C.R.« Sie wusste noch immer nicht, wofür diese Initialen standen.

»Wie wäre es dann mit Char?«

»Char? Und wofür steht das?«, wollte sie wissen.

»Charming. Charming Reaper Montgomery, wenn du meinen vollen Namen unbedingt wissen musst.«

KAPITEL SECHS

Er wollte sie böse anstarren. Vielleicht sogar aufstehen und gehen, aber ihr Lachen bezauberte ihn. Annique lachte aus vollem Hals und mit echtem Vergnügen. Ihre Lippen öffneten sich, ihre Augen strahlten, ihre Wangen waren rosig ohne Rouge oder Puder.

Sie war atemberaubend.

Sie war auch sehr geheimnisvoll.

Annique Darlington, einundvierzig Jahre alt, lebte in einer Wohnung in der Innenstadt und war eine Dame, die nicht gekünstelt war. Sie trug kaum Make-up, nur einen Hauch von Mascara und Lipgloss. Sie versteckte sich nicht hinter einer Schicht von Schminke, um falsche Tatsachen vorzuspiegeln.

Wenn sie neben mir aufwacht, würde sie genauso aussehen. Aber mit zerzausterem Haar und volleren Lippen, weil er sie wund geküsst hätte.

Wenn sie sich von ihm küssen ließe. Was zweifelhaft erschien, wenn man bedachte, dass sie weiter so tat, als wäre sie verheiratet. Verständlich. *Ich würde vermeiden* wollen, dass die männlichen Kunden beim Anblick der heißen Besitzerin der Agentur auf falsche Gedanken kämen.

Dann würde ich sie nämlich töten müssen.

Die Eifersucht war aus dem Nichts aufgetaucht. Es überraschte ihn.

Er bekam ihre nächsten Worte nicht mit.

»Was?«, fragte er nach.

»Ich habe gefragt, warum du dich C.R. nennst, anstatt deinen echten Namen zu verwenden.«

»Würdest du Charming wirklich als Namen benutzen wollen, wenn du jedes Mal die gleiche Reaktion bekommst?« Er zog eine Augenbraue hoch.

Sie lächelte. Sie hatte einen perfekt geschwungenen Mund. Ob sie sich wohl sehr wehren würde, wenn er sie über den Tisch zog, um sie zu küssen?

»Waren die Verabredungen deshalb alle ein Flop? Die Frauen haben dich ausgelacht, genau wie ich.«

»Ich habe ihnen nicht mal meinen echten Namen genannt.« So weit war es nie gekommen.

»Du solltest das vielleicht beim nächsten Mal versuchen. Wenn man lacht, kommt man sich näher.«

»Wenn sich allerdings jemand lustig macht, hat das den gegenteiligen Effekt.«

Sie trommelte mit ihren Fingernägeln auf den Tisch, hörte aber auf, als der Kellner mit den Speisen ankam.

Dann sprachen sie nur noch wenig, aber sie genoss es, mit geschlossenen Augen zu stöhnen, während sie sich an ihren Jakobsmuscheln ergötzte.

Es war so unglaublich sexy, dass er es fast nicht ausgehalten hätte.

Wenn sie eine Agentin war, wie Mason angedeutet hatte, dann war sie verdammt gut. Reaper wollte glauben, dass sie genau so war, wie sie aussah.

Stark, sexy und frech. Und sie schenkte ihrem Gericht so viel Aufmerksamkeit und Anerkennung, dass sein Schwanz ganz eifersüchtig wurde.

Er fragte sich, ob er sie wirklich wollte oder ob er sich einfach nur zu ihr hingezogen fühlte, weil sie immer wieder versuchte, so zu tun, als wäre sie unerreichbar.

Blieb sie reserviert, weil sie ein Geheimnis hatte, genau wie er?

Ein Teil von ihm hoffte irgendwie, dass die Antwort darauf ja lautete. Denn dann würde die Tatsache, dass Reaper ein Attentäter war, nicht dazu führen, dass sie davonlief. Sie würde stattdessen wahrscheinlich ihr Höschen für ihn ausziehen.

Berufskiller hatten nie Probleme, flachgelegt zu werden.

Was, wenn Mason sich in ihr geirrt hat? Es war nicht ungewöhnlich, dass Menschen neu anfangen, ihr vergangenes Leben auslöschen, indem sie davor fliehen.

Versteckt sie sich vor irgendwem oder irgendetwas? Das wahrscheinlichste Szenario? Dass ein Mann im Spiel war.

»Wie ist denn dein Mann so?«, fragte er plötzlich.

Sie wich seinem Blick aus und zog sich körperlich von ihm zurück, was an sich schon eine Antwort war. »Er ist ein wunderbarer Mann.« Sie sagte es hölzern. »Ausgesprochen treu.«

Die Tatsache, dass sie log, ließ ihn nachhaken. »Vielleicht sollte ich ihn kennenlernen, damit er mir ein paar Tipps geben kann, wie man eine heiße Frau bekommt.«

»Mein Mann mischt sich nicht in mein Unternehmen ein.«

»Vielleicht sollte er das. Ich würde nie zulassen, dass meine wunderschöne Frau mit einem anderen Mann Mittagessen geht.«

»Hast du Probleme damit, Frauen zu vertrauen?«

»Manchmal muss ein Mann eben auf seine Frau aufpassen.« Er heftete den Blick auf sie. »Besonders, wenn sie so verführerisch ist.«

»Flirtest du etwa mit mir?«, wollte sie wissen.

»Natürlich. Du etwa nicht?«

Er hätte über die Art und Weise lachen können, wie sie sich in ihrem Sitz aufrichtete und ihr Blick hart und streng wurde. »Ich bin aus rein beruflichen Gründen hier.«

»So ein Scheiß.«

»Es ist völlig unnötig zu fluchen.«

»Willst du mir wirklich vorschreiben, welche Worte ich benutzen darf und welche nicht?«

Sie stand auf. »Ich denke, ich habe genug über dich herausgefunden. Ich werde mich melden.«

Wenn er sitzen geblieben wäre, hätte er ihn wahrscheinlich nicht gesehen, den Lauf im Fenster, wobei die Motorhaube die Person verdeckte, die die Waffe hielt.

Aber er war aufgestanden und in dem Moment, als das Glas zerbrach, packte er Annique, zerrte sie auf den Boden und warf sich schützend auf sie.

Für eine möglicherweise falsche Zivilistin gelang ihr ein ziemlich überzeugender Schrei.

Schade, dass auf sie geschossen wurde, denn auf ihrem Körper zu liegen war äußerst angenehm. Weniger Kleidung wäre sogar noch besser gewesen.

Peng. Seine Narben bebten. *Verdammt, ich schätze, ich sollte besser etwas tun.*

Vor allem, wenn man bedachte, dass sie wieder kreischte.

»Könntest du damit aufhören?«, fragte er, was sie mit einem ach so wahnsinnig nützlichen Kreischen beantwortete.

KAPITEL SIEBEN

Schüsse waren etwas, an das man sich nie gewöhnt. Als der erste Schuss fiel, gab Annique ihrem Instinkt nach. Sie schrie, als Montgomery sie zu Boden riss.

Was Schreie anging, so waren sie sehr laut und hallten bald überall im Restaurant wider, als das komplette Chaos ausbrach.

So nahe am Boden konnte sie sehen, dass er nicht so sauber war, wie es von Weitem aussah. Sie spürte die Fliesen kalt an ihrer Wange.

Und bewegen konnte sie sich auch nicht, weil Charming – kicher – auf ihr lag und ihren Körper unter sich begrub. Sie durfte sich allerdings nicht beklagen, weil er es aus Ritterlichkeit tat.

Er hat mich beschützt. Beschützte sie auch weiterhin, obwohl sie vor Angst den Verstand verloren hatte. Es gab nichts, was so effektiv dazu geeignet war, ihren Adrenalinspiegel so hochzuschrauben, dass sie kaum mehr war als ein wimmerndes Bündel Elend, als Erinnerungen an die Vergangenheit in ihr aufstiegen.

Zwischen den Schüssen murmelte er: »Bleib liegen und beweg dich nicht.«

Sie hatte nicht vor, sich auch nur einen Millimeter zu bewegen. Schließlich war sie nicht dumm. Sie hörte die Schreie und Rufe. Sie wusste, wozu Waffen in der Lage waren.

Sie riefen blutende Wunden hervor.

Nachdem sie sich ausgeschrien hatte, war sie still und zitterte. Bloß keine Aufmerksamkeit auf sich ziehen.

Wenn sich der Schütze nicht auf sie konzentrierte, hätte sie nichts zu befürchten. Dies war nur ein zufälliger Akt der Gewalt.

So etwas passierte ständig.

Es hatte nicht das Geringste mit der Person zu tun, die angerufen und behauptet hatte, sie wäre Joel.

Plötzlich hörte das *Peng-Peng-Peng* der Schüsse auf. Vielleicht war der Schütze fertig.

»Bleib unten«, flüsterte Charming.

Er rutschte von ihr runter und sie wartete nicht einmal eine halbe Sekunde lang, bevor sie auf die Knie ging und in Richtung der sichereren Küche kroch. Küchen hatten Ausgänge.

Es erklangen immer noch Schreie, zusammen mit Schluchzen. Sie biss sich auf die Lippen, anstatt zu kreischen, als etwas Scharfes ihr Knie traf. Das Gewehrfeuer brach wieder aus und die Küchentür vor ihr zersplitterte, als eine Kugel sie traf.

Sie sprang seitlich in den Flur. Einen Moment später drückte ein großer Körper sie nieder, und Montgomery blickte sie böse an und knurrte: »Hatte ich dir nicht gesagt, du sollst liegen bleiben?«

»Ich weiß, was mit Zielen geschieht, die nicht zu fliehen versuchen.«

Anstatt zu antworten, grunzte er nur. Er spähte um die Ecke und erst jetzt bemerkte sie die Waffe in seiner Hand.

Sie konnte nicht aufhören, sie anzustarren. *Das stand nicht in seinem Profil.* »Woher hast du diese Waffe?«

»Aus meinem Halfter.«

»Klugscheißer«, zischte sie. »Ich wusste nicht, dass du bewaffnet bist.« Aber er hatte ihr erzählt, dass er gern schoss.

»Das weißt du nicht, weil es niemanden etwas angeht.«

»Die solltest du besser nicht abfeuern.«

»Und warum nicht? Ein Mann darf sich ja wohl noch verteidigen.« Er sah sich mit stechendem Blick zu ihr um. »Sag mir jetzt nicht, dass du auch eine von denen bist.«

»Eine von welchen?«

»Eine von denen, die auf die Abschaffung von Waffen pochen.«

»Waffen sind nicht das Problem«, murmelte sie. »Es sind die Idioten, die sie benutzen, die das Problem sind.«

»Da bin ich ganz deiner Meinung. Allerdings bin ich kein Idiot. Ich habe den Mensa-Test mit einhunderteinundvierzig Punkten bestanden.« Er spähte wieder um die Ecke und hätte fast ein Auge verloren, als eine Kugel die Wand streifte.

»Schön für dich, du Genie. Ein gutes Gehirn und eine Waffe helfen dir sicher gegen eine Kugel.« Sie wandte sich ab und begann, den Gang hinunterzugehen.

»Wo willst du denn hin?«, fragte er und rappelte sich auf, um ihr zu folgen.

»Da Leute zu erschießen sich wie eine ziemliche Sauerei anhört und es meine Gesundheit gefährden könnte, wenn ich bleibe, verschwinde ich von hier. Und zwar bevor die Polizei ankommt und mich in Gewahrsam nimmt. Es gibt eine Million andere Dinge, die ich tun muss, anstatt Fragen zu beantworten und darauf zu warten, dass sie eine Million verschiedene Berichte erstellt haben.«

»Brichst du etwa das Gesetz, Annie?«

»Es gibt kein Gesetz, das besagt, dass ich bleiben muss, um eine Zeugin zu sein. Und nenn mich nicht Annie.«

»Aber es gefällt mir.«

»Mir nicht. Kommst du jetzt?«

»Sollte ich das nicht sagen?«, murmelte er leise.

Sie ignorierte ihn und betrat die Damentoilette, die aufgrund der jüngsten Brandschutzvorschriften nun ein Fenster hatte, das groß genug war, um als Notausgang zu dienen.

Einen Verrückten, der im Restaurant um sich ballerte, konnte man durchaus als Notfall bezeichnen. Sie drückte das Fenster auf und schaute hinaus.

»Stiehlst du dich öfter aus Restaurants?«, fragte er und folgte ihr. »Für mich ist es das erste Mal. Ich gehöre nicht zu den Leuten, die erst essen und dann abhauen.«

»Das überrascht mich, wo ein schneller Abgang doch die gängigste Methode ist, eine Verabredung sitzen zu lassen.«

»Ich habe noch nie eine meiner Verabredungen sitzen

gelassen. Ich habe immer bis zum bitteren Ende durchgehalten.«

»Wenn man bedenkt, wie sehr du dich darüber lustig machst, bezweifle ich stark, dass du sehr gelitten hast.«

»Das verletzt mich.« Er hörte sich nicht verletzt an. Eher belustigt, wahrscheinlich weil sie gerade dabei war, aus dem Fenster zu klettern.

»Halt den Mund und hilf mir lieber, okay?« Die Schüsse hörten auf; in der Ferne konnte man das Heulen der Polizeisirenen hören. Aber das bedeutete noch längst nicht, dass sie bleiben wollte.

»Schwing das andere Bein rüber und halte mich dann an beiden Händen fest. Ich lass dich runter.«

Kurz danach trafen ihre Füße auf dem Boden auf und sie richtete ihre Kleidung, als er neben ihr landete. Er grinste.

»Also, das war auf jeden Fall mal ein interessantes Mittagessen.«

Während sie ans andere Ende der Gasse und zur Straße marschierte, sah sie ihn von der Seite an. Da die Luft ziemlich kalt war, wünschte sie sich, sie hätte ihren Mantel mitgenommen, allerdings war es ihr nur gelungen, ihre Tasche nicht zu verlieren. Immerhin hatte sie ihre Schlüssel.

Sie machte eine kurze Pause, bevor sie aus der Gasse auf die Straße trat, und hatte plötzlich seinen breiten Rücken vor sich, der ihr den Weg versperrte.

»Was machst du da?«

»Ich beschütze dich, auch wenn es unwahrscheinlich ist, dass es dem Schützen gelungen ist, in so kurzer Zeit auf diese Seite zu gelangen«, sagte er.

»Weil du dich so wunderbar mit Massenschießereien und Schützen auskennst.« Ihre Worte trieften vor Sarkasmus.

»Tatsächlich tue ich das.« Als sie ihn scharf ansah, lächelte er. »Ich schaue schon seit Jahren Männerfilme.«

»Das wahre Leben ist kein Film.«

»Ganz offensichtlich, denn sonst hätten wir jetzt einen ziemlich abenteuerlichen Soundtrack.« Er legte einen Arm um ihren zitternden Oberkörper. »Komm schon, wir müssen verschwinden, bevor wir umstellt sind.«

Er eilte über den schmalen Bürgersteig, der aufgesprungen und vereist und noch immer voller Schnee war. Immerhin trug sie noch ihre Stiefel.

»Schaust du viele Filme?«, wollte sie wissen. Eine zusammenhanglose Frage, die ihr dabei half, sie von den Sirenen abzulenken, die hinter ihr laut plärrten.

»Ein paar.«

»Ich hätte dich nicht für jemanden gehalten, dem erfundene Geschichten gefallen.«

»Und doch habe ich mich an eine Partnervermittlung gewandt, die mir ein Happy End versprochen hat.«

»Ist es das, was du willst?« Es war eine Frage, die sie sich stellte. Er schien der ganzen Romantik-Sache eher zynisch gegenüberzustehen, flirtete aber wie ein Großer und zeigte Interesse an ihr, obwohl sie verheiratet war.

»Was ich will? Vor einem Jahr hätte ich noch gesagt, ich will nichts. Da hatte ich alles, was ich mir wünschte.«

»Und was hat sich verändert?«, wollte sie wissen und bemerkte, dass sie in die Richtung gingen, die sie zurück zum Büro brachte.

»Nichts, was du nicht schon mal gehört hättest. Ich

hatte ein gesundheitliches Problem, das mir Angst gemacht hat. Ein ziemlich großes, das mich dazu gebracht hat, mir einige Veränderungen in meinem Leben zu wünschen.«

»Du wolltest nicht alleine sterben.«

Er zuckte mit den Achseln und sie konnte es spüren, als sie zu ihm hochsah, dieser große Mann, der sie mit seinem eigenen Körper vor den Elementen schützte.

»Während meiner Genesung stellte ich fest, dass es schön wäre, jemanden zu haben, der zu Hause auf mich wartet«, gab er schließlich leise zu.

»Den gleichen Effekt erzielt man auch mit einer Katze oder einem Hund, und zwar mit weniger Aufwand.«

Er lachte. »Das stimmt, aber mit einem Haustier kann ich nicht kuscheln.«

Eine sehr merkwürdige Wortwahl, weil sie ihn nicht für einen Mann gehalten hätte, der gern kuschelt.

Und als hätten seine eigenen Worte ihn überrascht, erstarrte er. »Da sind wir schon.«

Die Wärme im Gebäude lockte sie, doch sie blieb noch einen Moment und sah ihm ins Gesicht. »Vielen Dank.«

»Wofür? Du hast dich schließlich selbst gerettet.«

Das hatte sie, aber immerhin hatte er sich wie ein Gentleman verhalten. »Ich melde mich in ein paar Tagen wieder, wenn ich dein Profil angepasst und eine neue Verabredung für dich gefunden habe.«

»Das überrascht mich. Ich bin davon ausgegangen, dass unser Mittagessen heute bewiesen hat, dass ich ein hoffnungsloser Fall bin.«

Ganz im Gegenteil. Der Mann war tödlich. Attraktiv. Unglaublich.

»Irgendwo da draußen befindet sich die perfekte Partnerin für dich. Ich melde mich.«

Sie ging weg, fühlte den weit geöffneten Raum, stellte sich vor, wie Augen durch das Visier einer Waffe blickten und der Lauf sie verfolgte.

Der Vorfall im Restaurant war nur ein Zufall gewesen.

Es gab keinen Grund für ihre Paranoia. Joel war nicht plötzlich wieder in ihrem Leben aufgetaucht. Feuchte Gräber gaben ihre Bewohner nicht so einfach wieder her.

Welchen Grund derjenige auch gehabt hatte, in dem Restaurant um sich zu schießen, es hatte nichts mit ihr zu tun.

Eine Annahme, deren Falschheit ihr klar wurde, als sie die Vase mit den weißen Rosen auf ihrem Schreibtisch sah. Auf der Karte stand nur ein einzelner Buchstabe.

~J

KAPITEL ACHT

Aus irgendeinem Grund blieb Reaper länger als nötig stehen und starrte das Gebäude an. Er hatte Annie sicher nach Hause gebracht und trotzdem störte ihn irgendetwas. Sein Radar für Gefahr schlug aus.

Aber bestimmt war Annie nicht in Gefahr. Die Frau führte ein langweiliges Leben. Nichts, was er über sie herausgefunden hatte, deutete auf etwas anderes hin. Sie reiste nicht einmal.

Trotz ihres verdächtig sauberen Hintergrundes bezweifelte er stark, dass sie an der Akademie trainiert hatte. Während des Angriffs auf das Restaurant hatte sie nichts richtig gemacht. Sie war aus dem Fenster geklettert, ohne vorher zu sehen, ob der Feind vielleicht draußen wartete, und war die Gasse völlig unbedarft entlanggeschlendert. Die Frau hatte keinerlei Selbsterhaltungstrieb.

Es sei denn, sie steckte mit dem Schützen unter einer Decke.

Das würde Sinn machen. Vielleicht war das ein Trick, um ihm ein falsches Sicherheitsgefühl zu geben. Er sollte seine Deckung senken, damit er ihr vertraute und sie an sich heranließ.

Nur, dass ihre Angst sehr real war. Selbst die beste Schauspielerin konnte den sauren Duft der Angst nicht verbergen, das schnelle Flattern eines panischen Pulses, das Wimmern, das sie zurückzuhalten versuchte.

Abgesehen von den körperlichen Anzeichen war die Tatsache, dass sie seine SMS ignoriert hatte, die er ihr vom Büro aus geschrieben hatte – *Geht es dir gut?* –, seltsam für eine Frau, die versuchte, ihm näherzukommen.

Annie hatte eigentlich alles getan, um Reaper auf Distanz zu halten.

Was, wenn er die Dinge überbewertete? Nicht jeder war hinter ihm her. Obwohl es viele gab, die ihn gern tot sehen würden.

Wie Harry, der ihn auf dem Weg ins Büro überfiel.

Sein Chef starrte ihn an. »Du hast schon wieder eine Besprechung verpasst.«

»Und das werde ich auch weiterhin tun, solange ich am Schreibtisch sitzen muss.« Es bestand kein Grund dafür, über die Aufträge Bescheid zu wissen, wenn Harry es sowieso nicht zulassen würde, dass er einen Auftrag übernahm. Warum sollte er seine Zeit damit verschwenden, sich Erklärungen über Abenteuer anzuhören, an denen er sowieso nicht teilnehmen durfte, wenn die Portfolios seiner Klienten seiner Aufmerksamkeit bedurften?

»Der Arzt hat gesagt, du sollst es langsam angehen lassen.«

»Und das mache ich jetzt schon seit Monaten«, knurrte Reaper.

»Und es wird dich nicht umbringen, wenn nötig noch ein paar weitere zu warten.«

»Sagst du.«

»Jetzt jammere nicht rum. Du wärst fast gestorben. Freu dich lieber, anstatt dich zu beschweren, dass deine alten Knochen länger brauchen, um zu heilen.«

»Ich bin nicht alt.«

»Sagt der Typ, dessen Bart eher grau ist als schwarz.«

Als sein Boss seinen Bart erwähnte, strich er darüber. Es stimmte, dass sich darin mittlerweile einige graue und weiße Haare befanden. Besonders seit dem Unfall. »Ich bin nicht zu alt.«

»Nein, aber du kannst mit einem kaputten Bein nicht die gleichen Aufträge übernehmen wie vorher. Ich sage dir Bescheid, wenn ich die richtige Art von Auftrag für dich gefunden habe. In letzter Zeit war es eher ruhig. Vielleicht liegt es an den Feiertagen.«

Was ihn daran erinnerte, dass er noch immer einen Weihnachtsbaum kaufen musste. Andererseits, warum sich die Mühe machen? Geschenke für sich selbst darunter zu legen, die er sich selbst gekauft hatte, kam ihm ziemlich erbärmlich vor. Aber es gab Reaper die Möglichkeit, seinen Wunsch vorzubringen.

»Da wir gerade von den Feiertagen reden, ich brauche ein paar Tage Urlaub.«

»Willst du endlich feiern?«

Nicht ganz. Er hatte vor, eine Spur zu verfolgen, die ihn zu der Frau führen könnte, die auf ihn geschossen hatte. »Ich wollte eigentlich zu einer Hütte in den Bergen fahren.«

»Du hasst Skifahren.«

»Aber ich liebe heißen Tee mit Rum.« Und vor einem echten Feuer zu sitzen. Aus irgendeinem Grund fragte er sich, ob es Annie wohl gefallen würde, echtes Fell auf ihrer nackten Haut zu spüren.

Harry unterbrach seinen interessanten Gedanken über ein Bärenfell und seine Partnervermittlerin. »Du kannst dir freinehmen. Aber lass dein Handy an. Wie du weißt, kann es zu Weihnachten hoch hergehen.« Die Tatsache, dass so viele Heiratsanträge zur Weihnachtszeit gemacht wurden, sorgte oft für einen besonders hohen Bedarf an neuen Häusern und Wohnungen.

»Na klar, Chef.« Sein Grinsen beruhigte seinen Chef jedoch anscheinend nicht.

»Irgendwas hast du doch vor.«

»Wer, ich?«

Harry runzelte die Stirn. »Wo ist deine Jacke? Draußen ist es verdammt kalt.«

»Vielleicht habe ich sie am Schauplatz eines Verbrechens zurückgelassen.«

»Was meinst du damit?«, rief Harry, bevor er die Stimme senkte und sich zu ihm lehnte. »Ich nehme doch an, du hast ein Reinigungsteam gerufen.«

»Nein, und bevor du ausflippst, ich habe das Verbrechen nicht begangen. Irgendein Verrückter hat in dem Restaurant um sich geschossen, in dem ich zu Mittag gegessen habe.«

»Wollte er dich töten?«

»Ich weiß es nicht.« Das war eine Lüge. Er hatte den Eindruck gehabt, dass der Schütze ihm direkt ins Gesicht gesehen hatte.

Stattdessen hätte er fast Annique getroffen.

Hatte seine Vergangenheit ihn eingeholt? Er würde auf sich selbst aufpassen müssen. Vorsichtiger bei seinen Geschäften und Ausflügen sein. Sich von Zivilisten fernhalten, um unbeabsichtigte Verluste zu vermeiden.

Die Schießerei, die möglicherweise für ihn gedacht gewesen war, gab ihm einen Grund, sich von Annie fernzuhalten, doch was war trotzdem das Erste, was er tat, als er in sein Büro kam? Er loggte sich in das sichere Netzwerk ein und spielte dann mit einer Software herum, die Mason auf seinem Computer installiert hatte. Software klang legitim und gut.

Falsch. Dank seines Technik-Kumpels konnte Reaper auf nahezu jede beliebige Datenbank zugreifen. Abteilung für Kraftfahrzeuge, Polizeiakten, FBI. Sogar die CIA hatte einige Schlupflöcher. Das einzige sichere System war Interpol. Dort gab es einen Hacker, der es mit Mason aufnehmen konnte, der für sie arbeitete.

Heute war er nicht hinter Führerscheinfotos und Adressen oder Schulaufzeichnungen her. Er wollte eine bestimmte Sicherheitskamera anzapfen.

Das Kamerasystem, welches das Büro von Secret Match im Auge behielt.

Er stalkte sie nicht heimlich. Es ging ihm nur darum, dass sie in Sicherheit war. Es dauerte nicht lange, sich durch das Videomaterial zu klicken, bis er die gewünschte Aufnahme gefunden hatte.

Er hielt inne und beobachtete Annie, wie sie in ihrem Büro auf und ab ging, die Arme vor der Brust verschränkt, und von Zeit zu Zeit innehielt, um eine Vase mit einem Blumenstrauß zu betrachten.

Wer hat ihr Blumen geschickt?

Nicht er und schon gar nicht der nicht existente Ehemann. Bei seinen bisherigen Recherchen war er noch nicht einmal auf einen Freund gestoßen – bei ihren Telefongesprächen und SMS ging es immer um die Arbeit, nie um etwas Persönliches. Und trotzdem hatte jemand das Bedürfnis gehabt, ihr Blumen zu schicken.

Und das schien sie alles andere als glücklich zu machen.

Plötzlich wirbelte sie herum, schnappte sich die Vase und warf sie gegen die Wand, wobei die Blumen in alle Richtungen flogen.

Schnell schrieb er Mason eine Nachricht. *Ich muss herausfinden, wer heute Blumen ins Büro von Secret Match geliefert hat.*

Falls nämlich jemand Annie belästigte, wollte er es wissen.

KAPITEL NEUN

Das Chaos auf ihrem Büroboden schien sich über sie lustig zu machen. Denn obwohl Joel nicht persönlich aufgetaucht war, sorgte der bloße Gedanke an ihn dafür, dass sie die Kontrolle verlor.

Und das konnte Annique sich nicht leisten. Sie durfte keine Fehler machen.

Ich wünschte, ich wüsste, ob er es war oder nicht.

Vielleicht waren die Blumen nur ein dummer Scherz. Schließlich hatte sie versucht, sich Hilfe zu suchen und die Polizei einzuschalten, bevor sie festgestellt hatte, wie sinnlos das war. Sie hatte Anzeige erstattet. Ihr wurde gesagt, es wäre für einen Ex-Freund nicht gesetzeswidrig, wütend zu sein.

Nein, er musste ihr tatsächlich erst etwas antun, bevor sie gegen ihn vorgehen konnten.

Arschlöcher.

Vielleicht ist es Jasmine, die sich einen Spaß mit ihr erlaubte. In den letzten Jahren hatte ihre jüngere Schwester sich nicht oft blicken lassen. Seit sie nach Boston gezogen war, hatte sie sie erst einmal besucht.

Jazzy würde mir das nicht antun. Annique war fest davon überzeugt, dass ihre Schwester so viel Anstand hatte, kein sadistisches Vergnügen darin zu finden, ihre alten Albträume aufleben zu lassen. Aber außer Jazzy und der Polizei wusste niemand von den Qualen, die sie wegen Joel mitgemacht hatte.

Aber er kann es nicht sein. Ich habe gesehen, wie er gestorben ist. Da war so viel Blut …

Sie schloss die Augen und atmete tief durch.

Ich muss hier raus.

Sie nahm sich schnell einen Pulli aus dem Schrank, was immerhin noch besser war als gar keine Jacke, und verließ das Büro, wobei sie Mitzy im Vorbeigehen mitteilte: »Ich habe Kopfschmerzen. Wir sehen uns morgen.«

Und Annique hatte tatsächlich pochende Kopfschmerzen und sie verkrampfte sich, während der Stress in ihr zunahm.

Er ist es nicht.

Wenn sie es sich immer wieder sagte, würde sie es vielleicht glauben.

Während der Heimfahrt war sie ausgesprochen nervös und sah sich immer wieder hastig in alle Richtungen um, um zu sehen, wer in den anderen Autos auf der Straße saß.

Ist das da ein Blonder?

Fast hätte sie den Honda Civic angefahren.

Immer wieder sah sie in den Rückspiegel, überzeugt davon, dass jemand sie verfolgte.

Oh mein Gott, wird der Wagen dort mich rammen?

Nein. Er hupte nur und fuhr an ihr vorbei. Wahrscheinlich weil sie zu langsam fuhr.

Paranoia ließ sie links und rechts abbiegen, oft ohne zu blinken, während sie von allen Seiten angehupt wurde, weil sie im Verkehr für Unruhe sorgte. Es dauerte viermal so lange, bis sie nach Hause kam, aber sie schaffte es schließlich zu ihrer Wohnung, die nicht im technisch am besten ausgestatteten Gebäude der Welt lag.

Als sie vor Jahren hierhergekommen war, hatte sie nur über begrenzte Mittel verfügt und sie hatte Glück gehabt, diese Wohnung zu finden. Sie hatte ein Schlafzimmer, eine renovierte Küche und guten Wasserdruck. Sie hatte sie sich natürlich sofort geschnappt und mit Secondhand-Käufen und Flohmarkt-Schätzen zu ihrem Eigentum gemacht.

Als sie besser verdiente, fühlte sie sich zu wohl, um umzuziehen. Joel war tot. Niemand kannte sie in dieser Stadt. Sie hatte sich neu definiert. Eine Vergangenheit wiederaufgebaut.

Hatte sich selbst davon überzeugt, dass es ihr wieder gut gehen würde.

Als sie sich jetzt ihr Gebäude ansah, konnte sie alle seine Fehler sehen. Es gab kein Sicherheitspersonal, das die Leute überprüfte, die hereinkamen. Eine abgeschlossene Haustür war nicht allzu schwer zu umgehen. Wenigstens bot ihre Wohnung Sicherheit. Sie hatte die besten Schlösser installiert, nicht nur an ihrer Tür, sondern auch an den Fenstern.

Aber war das genug?

Er ist tot.

Ihr Telefon klingelte und sie hätte sich fast in die Hose

gemacht. Mit schweißnassen Händen zog sie es von der Mittelkonsole, wo sie es zum Aufladen hingelegt hatte, und betrachtete das Display.

Sie atmete erleichtert auf, als sie sah, dass die SMS von Montgomery stammte.

Ich habe deinen Mantel.

Sollte sie fragen, wie ihm das gelungen war?

Andererseits war laut den Nachrichten im Radio trotz der Schüsse auf das Restaurant und der Sachschäden niemand schwer verletzt worden. Alle Verletzten waren mit Schnitten und blauen Flecken davongekommen.

Es gab keine Toten und niemand musste ins Krankenhaus, was bedeutete, es bestand keine Notwendigkeit, die Mäntel der Gäste einzubehalten. Es war also durchaus möglich, dass er ihn zurückbekommen hatte.

Sie hielt kurz inne, bevor sie eine Nachricht zurückschickte.

Bring ihn mir morgen im Büro vorbei. Denn auf keinen Fall würde sie diese nervenaufreibende Fahrt ins Büro noch mal machen. Sie brauchte den Komfort ihrer eigenen Wohnung.

Wie wäre es, wenn ich ihn dir jetzt bringe? Es soll kühl werden.

Sie waren in Boston. Es war immer kalt um Weihnachten herum.

Sie schrieb umgehend zurück. *Ich habe noch einen anderen Mantel. Es wird schon gehen.* Pause. *Ich danke dir.*

Die Antwort kam sofort. *Geht es dir gut?*

Nein. Ganz im Gegenteil. Aber nicht wegen der Schießerei. Wenn das Joel am Fenster gewesen wäre, hätte er nicht verfehlt.

Es sei denn, er hatte mit ihr gespielt. Wie lange war es

her, seit er von diesem Boot gefallen war? Fast acht Jahre? Zehn seit Beginn des Terrors.

Er war es nicht. Sie hatte ihn sterben sehen. Geister konnten den Lebenden nichts anhaben. Außer ihnen Albträume machen.

Annie, antworte mir, sonst …

Sie schnaubte. So ein fordernder Mann. Sonst was?

Sie ließ die Finger über die winzige Tastatur fliegen. *Es geht mir gut. Bin nur müde. Sei nicht so aufdringlich. Frauen mögen das nicht.* Sieh nur, wie sie ihm einen Rat gab. Wenn er wüsste, was für ein Misserfolg ihr eigenes Liebesleben war, wenn *irgendeiner* ihrer Kunden es wüsste, würden sie sie sofort verlassen. Annique war eine Hochstaplerin, wenn es um die Liebe ging.

Die nächste Nachricht kam, als sie das Gebäude betrat und ihren Briefkasten überprüfte. Nur Mist.

Es geht nicht darum, aufdringlich zu sein. Es nennt sich selbstbewusst sein.

Und dann schnaubte sie. *Okay, du aufdringlicher Kerl.*

Der Austausch von SMS hatte dazu beigetragen, ihre Angst zu lindern. Im Aufzug hatte sie wohl kein Signal, denn als sie in ihrer Wohnung ankam und die Tür öffnete, summte ihr Telefon, um sie zu benachrichtigen, dass ein Haufen neuer Nachrichten eingetroffen war.

Es heißt Mr. Aufdringlich und es ist völlig gerechtfertigt, dass ich mich versichere, wie es dir geht. Die heutigen Ereignisse waren ziemlich verstörend.

Annie?

Zwinge mich nicht dazu, dich zu jagen.

Sie seufzte und ihr gelang sogar ein kleines Lachen,

bevor sie antwortete. *Beruhige dich. Ich war nur im Aufzug. Ich habe doch gesagt, dass es mir gut geht.*

Was mittlerweile, nun, da sie in der Sicherheit ihrer eigenen Wohnung stand, fast stimmte.

Die Lüge zerbrach jedoch, als es heftig an der Tür klopfte.

Oh Gott! Er hat mich aufgespürt!

KAPITEL ZEHN

Er konnte es einfach nicht tun. Konnte einfach nicht wegfahren. Da er lange vor ihr angekommen war, hatte Reaper Zeit, sich zurückzulehnen und dabei zuzusehen, wie sie sich auf dem Nachhauseweg hektisch ihren Weg durch den Verkehr bahnte. Es war ziemlich einfach gewesen, sich in ihr GPS zu hacken.

Sie fuhr wie jemand, der Angst hatte, dass er verfolgt wurde. Dann war sie aus dem Auto gestiegen und hatte sich nervös umgesehen, bevor sie ihr armseliges Gebäude betreten hatte.

Und jetzt log sie ihn an.

Es ging ihr überhaupt nicht gut, und das war auch der Grund dafür, dass er, noch während er ihr textete, aus dem Wagen ausstieg und ihr in das Gebäude folgte. Jetzt stand er vor ihrer Tür. Ein Attentäter, der nichts weiter war als ein Mann, der an einer Tür klopfte, um eine Frau zu sprechen, die nicht öffnete.

»Annie, öffne die Tür. Ich weiß, dass du da drin bist.«

Das war vielleicht nicht das Beste, was er sagen konnte, um sie zu beruhigen.

»Montgomery?« Er hörte das Klicken und Schnappen von Schlössern, was bedeutete, dass sie die Tür öffnete, bevor sie ausrief: »Was machst du hier?«

Er hielt ihren Mantel hoch. »Ich war gerade in der Gegend und dachte, ich bringe ihn dir persönlich vorbei.«

Allerdings griff sie nicht nach dem Mantel. Stattdessen zog sie die Augenbrauen zusammen. »Und woher weißt du, wo ich wohne?«

»Schließlich bin ich in der Immobilienbranche tätig.«

»Das hier ist aber keine Eigentumswohnung, ich miete sie nur.«

»Du solltest darüber nachdenken, die Wohnung zu kaufen. Der Markt ist zurzeit perfekt für Käufer.«

»Ich bezweifle, dass ich noch viel länger in der Stadt bleibe.«

»Hast du etwa vor umzuziehen? Ich wusste ja gar nicht, dass du planst, andere Zweigstellen deiner Firma zu eröffnen.«

»Das habe ich auch nicht vor.«

Sie griff nach dem Mantel und wollte ihm die Tür vor der Nase zuschlagen, nur dass er das nicht zuließ. Er stellte seinen Fuß in den Türspalt.

»Was ist wirklich los?«, wollte er wissen.

»Gar nichts.«

»Du hast doch Angst.«

»Jemand hat heute auf uns geschossen. Man könnte also meinen, ich hätte einen guten Grund dazu.«

Er drückte die Tür auf, bis er sich hineinzwängen konnte. »Du musst keine Angst haben.«

»Und das von dem Mann, der sich uneingeladen Zutritt zu meiner Wohnung verschafft.« Sie wich vor ihm zurück, die Augen weit aufgerissen und voller Anspannung.

»Ich werde dir nicht wehtun. Aber ich werde hierbleiben, bis du nicht mehr so aussiehst, als würdest du erwarten, ermordet zu werden.«

»Ich verspreche, dass ich so aussehen werde, sobald die Tür hinter dir zugeht.« Er ließ sich auf die Couch fallen und sah sich in der Wohnung um.

»Keine schlechte Wohnung. Aber ich kann dir etwas Größeres in der Nähe deines Büros besorgen.«

»Ich habe dir doch gesagt, dass ich wahrscheinlich umziehe.« Sie schlug die Tür zu, verschränkte die Arme vor der Brust und starrte ihn böse an.

Unglaublich sexy. Es sorgte dafür, dass er sie am liebsten in den Arm genommen und diese zusammengekniffenen Lippen geküsst hätte, bis sie weich wurden.

»Warum willst du umziehen? Es ist offensichtlich, dass deine Firma ausgesprochen gut läuft.«

»Aus privaten Gründen.«

»Du willst doch wohl nicht behaupten, dass ein einziger kleiner Zwischenfall dich dermaßen verschreckt hat.«

»Kleiner Zwischenfall? Wir hätten heute sterben können.«

Er zuckte mit den Achseln. »Man kann auch in der Dusche ausrutschen und sterben, oder an einer Erbse ersticken.«

»Ich hasse Erbsen.«

»Ich hasse sie auch, vor allem, weil man daran ersticken

kann.« Er beugte sich vor und grinste sie an. »Ich versuche damit zu sagen, dass überall Gefahren lauern.«

»Soll mich das etwa beruhigen?«

»Nein. So ist die Welt eben. Sag mir jetzt nicht, dass es dir lieber wäre, wenn ich dich mit Samthandschuhen anfassen und belügen würde.«

Sie seufzte und entspannte sich endlich genug, um sich ihm gegenüber hinzusetzen.

»Nein, aber manchmal wünsche ich mir eben, dass die Dinge anders wären.«

»Das wünschen wir uns alle, Annie.«

»Nenn mich nicht immer Annie.«

»Aber das passt zu dir.«

»Wenn du das behauptest, Prince Charming.«

Er schreckte zusammen »Der Punkt geht an dich. Ich nehme an, es ist zu spät, dich darum zu bitten zu vergessen, dass ich dir das jemals erzählt habe?«

»Viel zu spät.«

»Ich habe schon Menschen für weniger getötet.«

Sie lachte, weil sie vermutlich dachte, er würde nur scherzen.

Das tat er aber nicht. Und da er als Jugendlicher ziemlich gewaltbereit gewesen war, bedeutete die Tatsache, dass er seinen Namen zu den Initialen gewechselt hatte, auch, dass sein Leben weniger tödlich war.

»Wenn ich dich nicht Charming nennen darf, wie soll ich dich denn dann nennen?«

»Meine Freunde nennen mich Reaper.«

Sie zog die Augenbrauen hoch. »Das ist aber ein bisschen makaber.«

Und trotzdem ausgesprochen passend, denn wo er

auftauchte, folgte schon nach kurzer Zeit der Tod. Und das war noch etwas, das er nicht laut aussprechen konnte. »Ich werde hauptsächlich so genannt, weil ich ein tödlich guter Immobilienmakler bin.«

Sie schüttelte den Kopf und ein lockeres Lächeln auf den Lippen ließ mehr von ihrer Anspannung schwinden. »Du bist jedenfalls nicht sehr bescheiden.«

»Ich sage nur die Wahrheit, Süße.«

»Warum bist du wirklich hier?«, wollte sie wissen. »Mein Ehemann –«

»Willst du diese Scharade wirklich aufrechterhalten?« Er sah sich um. »Hier wohnt kein Mann.«

»Und das kannst du feststellen, indem du dich einfach umsiehst?«, wollte sie wissen. »Vielleicht lässt er mir bei der Inneneinrichtung freie Hand.«

»Willst du dieses Spielchen wirklich weiterverfolgen? Von mir aus.« Er zeigte mit dem Finger auf verschiedene Dinge. »Neben der Haustür stehen nur Frauenschuhe.«

»Er ist eben sehr ordentlich.«

»Auf dem Frühstückstisch stehen nur ein Becher und ein Teller.«

»Er frühstückt auf dem Weg ins Büro bei Starbucks.«

»Wollen wir wetten, dass ich nur eine Zahnbürste finde, wenn ich ins Badezimmer gehe und mich dort umschaue?«

Sie presste die Lippen fest zusammen, bevor sie ausatmete. »Na gut. Ich gebe es zu, ich bin nicht verheiratet. Bist du jetzt glücklich?«

Er lehnte sich zurück und lächelte. »Ja.«

»Und ich nehme an, dass du dir jetzt eine andere Partnervermittlung suchen möchtest.«

»Warum sollte ich?«

»Weil ich eine Betrügerin bin. Ich habe nicht die geringste Ahnung, was Liebe ist, ganz offensichtlich, denn sonst wäre ich nicht allein.«

»Oder vielleicht hast du, genau wie ich, die richtige Person einfach noch nicht gefunden. Stell dir doch nur mal vor, zwei Leute, die keinen Partner finden können, sitzen in deinem Wohnzimmer.«

»Ich bin nicht die richtige Partnerin für dich.«

»Ist das das Resultat deiner Partnervermittlungs-Software oder deine persönliche Meinung?«

»Mr. Montgomery –«

»Nenn mich doch bitte Reaper.«

»Das werde ich nicht tun. Und während ich deine Anteilnahme im Licht der heutigen Geschehnisse durchaus zu würdigen weiß, möchte ich jetzt wirklich, dass du gehst.«

»Aber wir haben unser Mittagessen nie beendet.«

»Das ist doch gar nicht nötig. Ich weiß jetzt ganz genau, was du brauchst.«

Sie stand auf und er hatte die Wahl. Entweder konnte er sitzen bleiben, was dazu führen würde, dass sie ausflippte. Oder er konnte gehen und sich an die Arbeit machen, mehr über ihre Vergangenheit herauszufinden.

Weil sie mir nämlich irgendetwas verheimlicht.

Reaper stand also auf und folgte ihr zur Tür. Als sie jedoch die Tür öffnen wollte, stellte er sich ihr in den Weg und fragte: »Und was genau brauche ich?«

Annie sah zu ihm auf und er wünschte sich, dass sie die Worte sagte, die er von dem Moment an hören wollte, in dem er in die Wohnung getreten war.

Allerdings rief sie nicht: »Ich brauche dich.«

Stattdessen sagte sie: »Ich werde mich in ein paar Tagen bei dir melden, sobald ich eine neue Kandidatin für dich gefunden habe.«

»Und was, wenn ich nicht schon wieder mit einer Fremden eine Verabredung haben will?«

»Dann gibt es nichts, was wir noch zu besprechen hätten.« Annie zwängte sich an ihm vorbei und ihr Duft war weiblich und weich.

Sie riss die Tür auf und schob ihn praktisch in den Flur. Er ließ es zu, vor allem weil er wusste, dass sie das Bedürfnis hatte, die Kontrolle wiederzuerlangen.

Bevor er ging, konnte er sich jedoch eine Bemerkung nicht verkneifen: »Du und ich sind alles andere als miteinander fertig, Annie.«

Sie schlug die Tür hinter ihm zu, er hörte sie aber trotzdem sagen: »Und ob wir das sind.«

Herausforderung angenommen.

KAPITEL ELF

Er ging und Annique begann, hin und her zu gehen.

Ihr Kopf war voller Fluchtgedanken.

Voller Gedanken an ihn.

Ihn, und zwar Montgomery … nicht Joel.

Der Charming Reaper – der galante Sensenmann. Einerseits zu sexy, was ihn andererseits zu tödlich machte.

Gedanken an ihn lenkten sie immer wieder von dem tatsächlichen Problem ab, auf das sie sich konzentrieren sollte. Sollte sie fliehen oder nicht? Das war hier die Frage.

Es war fast Weihnachten. Eine ziemlich betriebsame Zeit für alle einsamen Menschen, die noch jemanden brauchten, um die Feiertage mit ihm zu verbringen. Die das neue Jahr nicht allein beginnen wollten oder einfach jemanden benötigten, der mit ihnen zum Familienessen ging.

War sie tatsächlich dazu bereit, einfach abzuhauen und alles zu verlassen, was sie sich aufgebaut hatte, nur weil jemand sich für einen Toten ausgab?

Nein. Sie würde nicht fliehen.

Wer auch immer sich diesen kranken Spaß erlaubte, würde bald damit aufhören, weil sie sich weigerte, sich Angst einflößen zu lassen. Und sie würde sich auch nicht dazu verführen lassen, sich mit einem Kunden einzulassen.

Annique durchschaute Mr. Montgomery. Das war der einzige Name, den sie von nun an benutzen würde. Sie musste erneut Distanz schaffen. Um seine Aufmerksamkeit von ihr weg und zu einer echten potenziellen Partnerin zu lenken.

Oder ich könnte ihn ziehen lassen.

Und zugeben, dass sie versagt hatte?

Niemals.

Mit diesem Gedanken im Kopf verbrachte sie diesen und den nächsten Tag damit, ihre Datenbank zu durchforsten. Sie rief die Frauen völlig unvorbereitet an, um zusätzliche Informationen zu bekommen.

Beachtete seine SMS nicht.

Es ist ziemlich kalt draußen, Annie. Zieh dich warm an.

Ich hatte vor, Sushi zu Mittag zu essen.

Sehr verführerisch.

Sie ließ sich jedoch nicht verleiten und aß stattdessen in dem Restaurant im Untergeschoss ihres Gebäudes zu Mittag – wo niemand auf sie schoss. Und außerdem war auch kein Silberfuchs da – mit einem ausgesprochen sexy Bart –, der sie verfolgte.

Ein Silberfuchs, der eine Partnerin benötigte.

Und ich muss die perfekte Frau für ihn finden. Das war ein echtes Ziel und die perfekte Ablenkung. Annique grub immer weiter, bis sie jemanden für ihn fand.

Und als sie alle Vorkehrungen für ein Treffen organisierte, versuchte sie, sich einzureden, dass sie nicht enttäuscht war, die perfekte Partnerin für ihn gefunden zu haben. Sie war erleichtert.

Sie hatte ihren Job gut gemacht. Eine wunderbare Frau für ihn gefunden.

Und jetzt war es an der Zeit, in ihre leere Wohnung zurückzukehren.

Der Gedanke war nicht sonderlich verlockend. Sie betrachtete den Stapel Papierkram auf ihrem Schreibtisch und beschloss, sich stattdessen diesem zu widmen.

Und warum schaute sie ständig auf ihr Handy?

Weil Montgomery ihr bestimmt gleich eine SMS schicken würde.

Sich bei ihr für die perfekte Partnerin bedanken würde.

Das war es, was sie für ihn wollte, doch warum lächelte sie dann, als stattdessen ihr Handy klingelte und seine dreiundzwanzigste Verabredung verkündete: *Der Mann ist ein Arschloch.*

KAPITEL ZWÖLF

Eine weitere katastrophale Verabredung, und diesmal war es Annies Schuld. Zu versuchen, ihn mit dieser Tante zu verkuppeln, obwohl er doch sehr genau gezeigt hatte, dass er an ihr interessiert war.

Ich will sie, und sie versucht, mich an eine andere Frau weiterzureichen.

Andererseits, was hatte er denn erwartet?

Er hatte *erwartet*, dass Annique auftauchen und darauf bestehen würde, mit ihm zu Abend zu essen. Dass sie sagte, sie kannte einfach keine Frau, die gut genug für ihn war. *Weil sie nämlich perfekt für mich ist.*

Zumindest für die Person, die ich zu sein vorgebe.

Die Person, die er wirklich war, überlegte sich, ob er die Rothaarige, die ihm gegenübersaß, erschießen sollte, einfach nur, weil sie nicht Annie war.

Er unterbrach ihr Geplauder. »Das mit uns wird nicht funktionieren.«

Sie sah ihn mit großen Augen unter stark getuschten

Wimpern hervor an. »Wir sind noch nicht mal beim Hauptgang.«

»Und?« Er starrte sie an, und mehr als eine Zielperson hatte unter seinem Blick nachgegeben und alles gestanden.

Und auch seine Verabredung war nicht dagegen immun.

Die wand sich und stand dann auf. »Du bist sowieso zu alt für mich.«

Älter, als er tatsächlich war, aufgrund all der Dinge, die er in seinem Leben gesehen hatte. Deswegen konnte er nicht glauben, dass Annie ihm dieses Mädchen geschickt hatte, das kaum halb so alt war wie er.

Sie konnte sich glücklich schätzen, dass er sie nicht dafür umbrachte, dass sie beim Gehen noch »Arschloch« murmelte.

Schnell schickte er Annique eine SMS. *Also, diese Verabredung war sogar noch schlimmer als sonst.*

Als hätte sie nur auf seine Nachricht gewartet, kam ihre Antwort sofort. *Du hast ihr ja auch keine Chance gegeben.*

Wenn ich mich mit einem kleinen Mädchen verabreden möchte, würde ich vor der Highschool warten, lautete seine schnippische Antwort.

So jung war sie auch wieder nicht.

Ich habe T-Shirts, die älter sind als sie. Ich suche keine Trophäenfrau.

Ich werde jemand Neues für dich finden.

Mach dir nicht die Mühe. So wie es aussieht, willst du mich loswerden. Dann suche ich mir eben eine andere Agentur.

Es war ziemlich riskant, ihr die Möglichkeit zu geben, sich zu drücken, aber er hatte da so ein Gefühl. Er legte das Telefon weg und obwohl der Kellner ihn fragte, ob er jetzt die Rechnung haben wollte – nachdem seine Verabredung wutentbrannt verschwunden war –, sagte er Nein. Das Essen in diesem Restaurant roch ganz ausgezeichnet.

Reaper hatte gerade angefangen zu essen, als sie hereinkam. Er hob den Blick nicht. Konzentrierte sich auf sein Essen, bis er ihr Parfüm riechen konnte.

»Ich kann nicht glauben, dass du das getan hast.«

Er hob den Kopf und sah, dass Annique gerötete Wangen hatte und einzelne Strähnen aus einem hastig zusammengebundenen Dutt entkommen waren. »Hallo, Annie. Was für ein Zufall.«

»Als hättest du das nicht geplant gehabt«, fuhr sie ihn an.

»Was meinst du?«

»Deine Verabredung wegzuschicken und mich dann anzustacheln, weil du genau wusstest, dass ich kommen würde.«

»Wer, ich?« Seine vorgespielte Unschuld überzeugte wahrscheinlich niemanden.

»Ja, du. Und stell dich nicht dumm. Du hast ihr nie eine Chance gegeben.«

»Immerhin habe ich mich mit ihr getroffen, oder etwa nicht?«

Annie sah ihn durchdringend an. »Fünfzehn Minuten zählen nicht gerade als Treffen. Sie ist nicht mal dazu gekommen, etwas zu essen.«

»Sie hat mich gelangweilt.«

»Schon mal auf den Gedanken gekommen, dass du derjenige bist, der langweilig ist?«

Daraufhin lachte er. »Nein. Warum setzt du dich nicht,

anstatt so hoch über mir zu stehen?« Er zeigte auf den Stuhl.

»Nein.«

»Jetzt sei doch kein Miesepeter, Annie. Setz dich hin und iss mit mir. Schließlich schuldest du mir ein Essen.«

»Das kann ich nicht.«

»Dann ist es deine Schuld, wenn all diese Speisen weggeworfen werden müssen.« Er zeigte auf den zweiten Teller ihm gegenüber. »Aber mal im Ernst, wie bist du nur darauf gekommen, dass sie auch nur annähernd die perfekte Frau für mich sein könnte?«

»Sie ist sportlich, schlau und lebhaft.«

»Außerdem ist sie nervig, gerade aus dem College heraus, hat hohe Ansprüche und noch dazu hat sie einen Salat bestellt.« Was die sich einbildete. Er zeigte mit der Gabel darauf. »Ich will kein Häschen, das nur Salat isst.«

»Salat ist gesund.«

»Hättest du Salat bestellt?«

»Nein. Ich mag Fleisch«, grummelte sie und ließ sich auf den Stuhl fallen.

Gewonnen! Oder zumindest ging die erste Runde an ihn.

Er schnitt ein Stück von seinem Steak ab und legte es zusammen mit ein paar in Butter gebratenen Garnelen auf einen kleinen Teller. »Hier hast du dein Fleisch.«

»Ich habe keinen Hunger.« Es war offensichtlich eine Lüge, so wie sie das Essen ansah.

»Tu mir den Gefallen und tu so, als würde ich nicht alleine essen, weil du erneut versagt hast.«

Sie sah ihn böse an. »Ich habe nicht versagt. Du bist nur ausgesprochen wählerisch.«

»Eigentlich nicht. Ich weiß genau, was ich will.«

»Wirklich? Warum machst du es uns dann nicht beiden ausgesprochen einfach und sagst mir ganz genau, was es ist, weil ich es nämlich verdammt noch mal nicht herausfinden kann. Jede Frau, die ich dir geschickt habe, hast du abgewiesen.«

»So schwer ist es nicht. Ich möchte eine Frau, die eher mein Alter hat. Die erwachsen ist. Die mit ihrer Plauderei nicht einfach nur die Luft bewegt. Die anständig isst. Richtiges Essen und nicht nur Zeug, das man in einem Garten ausgerissen hat. Eine Frau, die nicht kreischt und hüpft. Niemals. Die in der Öffentlichkeit eine vollkommene Lady ist, privat aber eine Verführungskünstlerin. Eine, die Kurven hat und nicht nur aus Haut und Knochen besteht. Und die Selbstbewusstsein ausstrahlt.« Eine Frau wie die, die ihm gegenübersaß – die der Versuchung nachgegeben und eine der Garnelen gegessen hatte.

Annie trommelte mit den Fingern auf den Tisch. »Ich habe dir solche Frauen geschickt, doch du hast sie alle vergrault.«

Er säbelte länger als nötig an seinem Steak herum. »Es war eben nicht die Richtige dabei.« Er konnte auch nicht sagen, woher er das wusste, aber so war es eben. Keine von ihnen hätte er zu sich nach Hause einladen wollen. Keine davon hatte in ihm den Wunsch geweckt, sich über den Tisch zu lehnen und ihre Lippen zu küssen, die vor Butter glänzten.

»Du bist viel zu zynisch, um an Liebe auf den ersten Blick zu glauben.«

Davon war er auch überzeugt gewesen, bis er Annie

kennengelernt hatte und von ihr fasziniert war. »Das ist ja wohl eher paradox, wenn das eine Liebesspezialistin sagt.«

»Ich kann keine Liebe garantieren. Ich finde nur geeignete Partner.«

»Das hört sich irgendwie langweilig an. Was ist denn mit Feuer und Aufregung?«

»Die verlieren sich mit der Zeit. Und was ist dann noch übrig? Ein Paar sollte gemeinsame Interessen haben, Hobbys, denen beide gemeinsam nachgehen können. Dinge, über die sie sprechen können. Geheimnisse, die sie miteinander teilen können.«

Es wäre wahrscheinlich für jeden inakzeptabel, wenn er über seine Arbeit redete. »Du machst mir da nicht gerade Hoffnung, Annie.«

»Ich heiße Annique.«

»Aber Annie passt viel besser zu dir.«

»Deine Vertraulichkeit ist ziemlich unangemessen.«

»Es gefällt mir, mich unangemessen zu benehmen.« Vielleicht hatte er ihr sogar zugezwinkert.

Zugezwinkert!

Verdammt. Bin ich wirklich so verzweifelt?

Annie reckte das Kinn trotzig und sexy vor. »Nur weil du weißt, dass ich nicht wirklich verheiratet bin, heißt das nicht, dass du dich mir gegenüber so benehmen kannst.«

»Was mache ich denn?«

»Du flirtest. Und machst Anspielungen. Ich stehe nicht zur Auswahl.«

»Und warum nicht?«

»Was meinst du mit *warum nicht*? Tue ich eben einfach nicht. Außerdem wäre es unethisch.«

»Ethik ist sowieso überbewertet.«

»Du musst damit aufhören.«

»Was, wenn ich nicht will? Was, wenn ich dir sage, dass ich weiß, was ich will, und dass diese Frau mir jetzt gerade gegenübersitzt?« Das war ziemlich dreist, aber er war eben kein Mann, der gern Spielchen spielte.

Reaper war es außerdem nicht gewohnt zu verlieren.

»Ich würde sagen, du hast recht.« Sie stand auf und er stellte fest, dass sie im Begriff war zu fliehen.

»Womit habe ich recht?«

Sie knöpfte ihren Mantel zu und schnappte sich dann ihre Tasche vom Tisch. »Ich kann dir nicht helfen. Ich werde nie die richtige Partnerin für dich finden. Viel Glück, Mr. Montgomery.«

Damit machte sie auf dem Absatz kehrt und begann davonzugehen, wobei ihre kurze Jacke ihren süßen Hintern nicht verdeckte, der in einem engen Rock steckte. Er fragte sich, ob die Nylonstrümpfe, die er zwischen ihren Stiefeln und dem Rock aufblitzen sehen konnte, eine Strumpfhose war oder ihr nur bis zum Oberschenkel gingen. Er hoffte Letzteres, weil er sich nämlich vorstellen wollte, wie diese Beine um ihn herum …

Verdammt, diese Beine trugen sie ziemlich schnell fort. Da er kein Mann war, der eine Rechnung offenließ, warf Reaper einige Scheine auf den Tisch, mehr als genug, um das Essen zu bezahlen und ein ordentliches Trinkgeld zu geben.

Da ein Mann einer Frau niemals nachlief, ging er. Es konnte sein, dass er ein wenig schneller ging als normal. Diese verdammte Frau sorgte dafür, dass er sich ganz untypisch verhielt.

Und er fragte sich, warum er Interesse an ihr hatte. Die

Tatsache, dass er ihr überhaupt nachlief, sagte ja schon genug.

Als er aus dem Restaurant an die kühle Luft trat, die Schnee versprach, hätte er sie fast übersehen.

Er hielt inne und lauschte.

Das Klackern ihrer Absätze gab ihm die Richtung vor und er folgte ihr. Schnell schlüpfte er in den Mantel, den er von seinem Stuhl mitgenommen hatte, bevor die kühle Nachtluft ihm die ganze Wärme aus dem Körper raubte.

Sie hatte sich für einen Stellplatz an der Straße und nicht auf dem Parkplatz des Restaurants entschieden. Es handelte sich um eine Einbahnstraße mit wenig Verkehr und vielen parkenden Autos, deren Eigentümer zu geizig waren, um die Gebühren auf einem bewachten Gelände zu bezahlen.

Die Beleuchtung auf dem Bürgersteig über ihrem Auto war kaputt.

Wahrscheinlich ein Zufall.

Die nächste Straßenlaterne ebenfalls erloschen? Ein Muster.

Reaper hörte mehr, dass Annie mit ihren Schlüsseln herumfummelte, als dass er es sah. Die grellen Lichter erhellten kurz die Nacht, als sie den Wagen aufschloss.

Als sie die Tür auf der Fahrerseite öffnete, gab es ein sanftes Leuchten, das auf die Silhouette fiel, die auf sie zustürzte.

Auf keinen Fall, verdammt, du Arschloch.

Reaper dachte nicht zweimal darüber nach, sondern begann zu rennen.

KAPITEL DREIZEHN

Sie bemerkte die Dunkelheit auf der Strasse sofort. Annique war hyper-sensibilisiert und bereit, als sie das sanfte Tappen der Schritte hinter sich hörte. Sie wirbelte herum, hob die Hand mit dem Pfefferspray und sprühte drauflos. Eine Frau sollte in der Stadt nie unvorbereitet herumlaufen.

Anscheinend war dieser Straßenräuber auch nicht unvorbereitet. Er trug eine Sonnenbrille über seiner Sturmhaube und zuckte nicht einmal, als das Spray auf die Gläser traf oder den Stoff, der seinen Mund und seine Nase bedeckte.

Als ihr diese Tatsache klar wurde, griff er schon nach ihr und sie handelte instinktiv. Sie rammte ihm das Knie schnell und hart in den Unterleib, wie sie es in dem Selbstverteidigungskurs gelernt hatte.

Doch im Gegensatz zu den Kursen, in denen der falsche Angreifer stöhnend zusammengebrochen war, verfehlte sie ihn diesmal. Annique traf die Seite seines

Oberschenkels, als er sich wegdrehte, und damit hatte sie ihre beiden besten Karten verspielt.

Raue Finger packten sie an den Armen und trotz der Dunkelheit und der Tatsache, dass seine Brillengläser von ihrem Spray benetzt waren, spiegelte sie sich in der getönten Sonnenbrille.

Sie konnte nicht umhin zu flehen: »Tu mir nichts.«

Eine Stimme antwortete: »Lass deine schmutzigen Finger von ihr.«

Jemand warf sich auf ihren Angreifer. Montgomery war ihr gefolgt und schob sich nun zwischen Annique und den Schläger. Einen Schläger, der plötzlich ein Messer in der Hand hatte.

Messer konnten schneiden!

Sie sollte jemanden anrufen. Sie vergrub ihre Hand in der Handtasche und fand das Telefon, aber sie zog es nicht heraus. Annique tat nichts, um zu helfen.

Stattdessen beobachtete sie, wie die großen Männer – Montgomery etwas größer als der Angreifer – sich gegenseitig angriffen. Sie kämpften mit geschlossenen Fäusten, wehrten die Schläge ab. Immer und immer wieder.

Da sie Sport nicht sonderlich mochte, sah Annique sich nicht oft die UFC-Kämpfe oder Boxen an, aber das bedeutete nicht, dass sie nicht zwei erfahrene Kämpfer erkannte, wenn sie sie sah.

Schnell aufeinanderfolgende Schläge landeten so gut wie nie einen Treffer, weil die Männer sich so fließend bewegten. Sie wichen elegant aus und griffen sich durchaus anmutig an. Die gelegentlichen Schläge, die durch die Deckung drangen, sorgten kaum für ein Grunzen des Getroffenen.

Sie hätten bis in alle Ewigkeit so weiterkämpfen können, wäre nicht ein Auto auf die Straße abgebogen. Die hellen Strahlen der Scheinwerfer blendeten sie alle. Montgomery sprang neben sie an den Straßenrand, während ihr Angreifer die andere Straßenseite wählte.

Der Wagen, dessen Insassen von dem Kampf nichts mitbekommen hatten, raste die Straße hinunter und ermöglichte es ihrem Angreifer zu fliehen, indem er in seiner schwarzen Kleidung in eine Seitengasse lief.

Die Straße war frei und sie sah, wie Montgomery einen Schritt in Richtung der Gasse machte, zögerte und sich dann umdrehte, um sie besorgt anzusehen.

»Es geht mir gut.« Sie sagte es mit bebender Stimme.

Seine Züge wurden hart und er kam auf sie zu. »Nein, es geht dir nicht gut. Hat er dir wehgetan?«

»Nein.« Aber sie konnte nicht leugnen, dass sie ziemlich mitgenommen war. »Geht es dir denn gut?« Schließlich hatte er von dem Angriff das meiste abbekommen.

»Ich bitte dich.« Er schnaubte verächtlich. »Ich trainiere härter im Fitnessstudio.«

Sein intensiver Blick sorgte dafür, dass sie ihren Blick zu ihren verknoteten Händen senkte. »Vielen Dank.«

»Wofür? Dafür, dass ich zu spät gekommen bin, um zu verhindern, dass dieses Arschloch Hand an dich legt?« Das Schimpfwort ließ sie aufblicken, sodass sie sah, wie er den Kopf schüttelte, einen angewiderten Ausdruck auf dem Gesicht. »Ich bin wirklich ein Idiot. Ich hätte nie zulassen dürfen, dass du alleine zum Wagen gehst.«

»Ich bin eine erwachsene Frau.«

»Genau. Du bist in dieser Stadt bei Nacht nicht sicher. Ich hätte dich begleiten sollen.«

»Hast du denn die andere Verabredung zum Wagen gebracht?«

»Nein. Die war mir völlig egal.« Als ihr klar wurde, was er damit sagte, machte sie große Augen.

»Du kennst mich doch kaum.«

»Aber was ich kenne, gefällt mir, und ich hoffe, dich noch besser kennenzulernen.«

»Das wird nicht geschehen. Nach dem, was heute passiert ist, gibt es für uns keinen Grund, uns wiederzusehen. Ich lasse dich als Kunden gehen.«

»Was, wenn ich mich weigere?«

»Du kannst dich nicht weigern.«

»Das tue ich aber. Du hast mir versprochen, dass du eine Frau für mich findest, und ich erwarte, dass du dein Wort hältst, egal was es bedeutet.«

Ihre wachsende Verärgerung vertrieb den letzten Rest von Furcht. »Du kannst mir nicht vorschreiben, was ich zu tun habe. Wie ich dir drinnen schon gesagt habe, ich kann dir nicht helfen.«

»Da muss ich dir widersprechen. Du, und du allein bist die Lösung für mein Problem.«

»Aber du kannst mich nicht haben.«

»Und warum nicht?«

»Weil ich deine Partnervermittlerin bin, ich meine, *war*. Ich bin keine geeignete Kandidatin.«

»Aber du bist nicht vergeben.«

»Damit hat das überhaupt nichts zu tun. Ob ich mich in einer Beziehung befinde oder nicht, geht dich gar nichts an.«

»Es geht mich sehr wohl was an.«

»Du bist wirklich ein absolut nervtötender Mann«,

knurrte sie, während sie sich abwendete, um die Wagentür zu öffnen.

»Nein, ich bin nur ein Mann, der weiß, was er will.« Er legte eine Hand gegen den Wagen, sodass sie die Tür nicht öffnen konnte.

»Lass los.«

»Wir sind noch nicht fertig.«

»Doch, das sind wir. Es gibt nichts mehr zu sagen, Mr. Montgomery.«

»Ich bin der Meinung, dass es noch einiges zu sagen gibt.«

»Möchtest du etwa dein Geld zurück?«, fuhr sie ihn an. »Das kannst du gern haben. Ich werde Mitzy gleich morgen früh bitten, alles zu veranlassen.«

»Das Geld ist mir egal.«

»Was willst du dann von mir?«

Er antwortete nicht, sondern starrte sie nur an. Näherte sich ihr. So nahe, dass ihr klar war, was er vorhatte.

Oh mein Gott, er wird mich gleich küssen. Sie duckte sich außer Reichweite. »Wage es ja nicht.«

»Was soll ich nicht wagen?« Ein spöttisches Lächeln umspielte seine Mundwinkel.

»Genug mit dem Spielchen. Ich fahre jetzt nach Hause.«

»Nein, das tust du nicht.«

Gab der Mann denn niemals auf? »Was soll das denn jetzt wieder heißen?«, fragte sie und starrte ihn böse an.

Er antwortete nicht, sondern neigte nur den Kopf. Erst als er auch noch mit dem Finger darauf zeigte, sah sie das Problem.

Einer ihrer Hinterreifen war platt.

»Ich habe einen Ersatzreifen.« Irgendwo im Kofferraum. Glaubte sie. Vielleicht. Aber war auch egal, da sie sowieso nicht wusste, wie man den Reifen wechselte.

»Hast du auch zwei Ersatzreifen?«, wollte er wissen, während er um den Wagen ging. »Es sind nämlich beide Reifen zerstochen.«

Im Ernst? Konnte dieser Abend noch schlimmer werden? »Verdammt. Ich muss den Abschleppdienst rufen.« Sie griff in ihre Tasche nach dem Handy, doch er hielt ihre Hand fest, bevor sie jemanden erreichen konnte.

»Mach dir nicht die Mühe. Ich kenne jemanden, der das in Ordnung bringen kann. Es könnte aber einige Stunden dauern.«

»Stunden?« Sie seufzte und lehnte sich gegen ihren Wagen.

»Du musst nicht auf ihn warten. Und bevor du es auch nur andeutest, nein, du nimmst kein Taxi. Ich fahre dich nach Hause.«

»Ich würde aber lieber ein Taxi nehmen.«

»Und mir wäre es lieber, wenn ich mit dir darüber nicht diskutieren müsste, da du sowieso nicht gewinnst.«

»Ich will aber nicht, dass du mich fährst.«

»Jetzt bist du einfach nur trotzig.«

Das stimmte, sie war es aber nur, weil sie das Gefühl hatte, dass die Tatsache, mit ihm allein im Wagen zu sein, etwas mit ihr anstellen würde, das sie nicht kontrollieren konnte.

Sie war fast lächerlich trotzig. Schließlich hatte der Mann sie davor gerettet, überfallen zu werden. Er hatte ihr angeboten, sie nach Hause zu fahren, und wagte es außerdem, sie attraktiv zu finden.

Würde es sie umbringen, ein bisschen nett zu ihm zu sein?

Sie seufzte tief. »Wo ist dein Wagen?«

Innerhalb kürzester Zeit hatte er sie in seiner Luxuslimousine mit beheizten Ledersitzen untergebracht, leise Musik spielte und das subtile Aroma seines Rasierwassers hing in der Luft. Er stand vor dem Auto und telefonierte, das Handy am Ohr, sie nahm an, mit seinem Kumpel, dem Mechaniker.

Als er auf den Fahrersitz rutschte, breitete sich ein Kribbeln in ihrem Körper aus. Als er ihr nun so nahe war, beherrschte er den Raum um sich herum, sodass sogar die Luft spärlich zu werden schien. Wie sonst sollte sie ihre flachen, schnellen Atemzüge erklären?

Sie hielt die Hände ordentlich in ihrem Schoß – anstatt eine auf seinen kräftigen Oberschenkel zu legen.

»Warum bist du so nervös?«, fragte er und fuhr auf die Straße.

»Bin ich doch gar nicht.«

»Und das von der Frau, die ihre Hände wringt.«

Sie bemerkte, dass er recht hatte, und legte die Handflächen gerade in ihren Schoß. »An der nächsten Ampel links.«

»Ich weiß bereits, wo du wohnst.«

Ach ja. Er war urplötzlich aufgetaucht und hatte behauptet, er hätte sie aufgrund der Tatsache, dass er Immobilienmakler war, gefunden.

Wenn es für ihn so leicht war, wie leicht wäre es dann erst für jemand anderen?

Aber er ist trotzdem immer noch tot. Und die Vorfälle?

Nichts weiter als genau das, Vorfälle. Zufällige Gewaltakte, zu denen auch der versuchte Raub zählte.

Sie hatte einfach Pech gehabt. Es würde nichts mehr passieren. Besonders nicht, wenn Montgomery bei ihr war. Sie konnte die Autofahrt mit ihm überleben. Es dauerte nur ein paar Minuten bis zu ihrer Wohnung. Nur ein paar Minuten, um sich seiner bewusst zu werden. Bewusster als jemals zuvor.

»Dieser Räuber schien ausgesprochen gut vorbereitet zu sein«, stellte er fest.

»Wir sind in der Großstadt. So was kommt vor.« Es brachte nichts, zu bemerken, dass es sich vielleicht nicht um einen Zufall handelte. Sie hatte keinen Beweis dafür, dass es etwas anderes war, als es zu sein schien.

»Du solltest dir eine Waffe besorgen.«

»Ich mag Waffen nicht.« Waffen schlugen blutende Wunden, die zu monatelangen Albträumen führten.

»Dann sollte dein Freund sich vielleicht besser um dich kümmern, wenn du nachts allein unterwegs bist.«

»Ich habe keinen Freund.«

»Bist du dir sicher? Gibt es keinen besonderen Mann in deinem Leben, der darauf wartet, dass du ihn anrufst, und der dir Blumen schickt?«

Vielleicht war sie zusammengezuckt, als sie sich an die Blumen vom Nachmittag zuvor erinnerte. »Würde es etwas ändern, wenn ich dir sage, dass ich einen Freund habe?«

»Nein. Es gibt Dinge, die es wert sind, um sie zu kämpfen.«

Diese Worte sorgten dafür, dass sich ein warmes Gefühl zwischen ihren Beinen ausbreitete. »Ich bin glücklich alleine.«

»Sagt die Frau, die gern anderen Menschen ein Happy End beschert.«

»Wenn ich den richtigen Mann treffe –«

»Vielleicht hast du das ja schon?« Er sagte es mit einem Seitenblick und sexy Stimme.

Anstatt ihm zu antworten, wechselte sie das Thema. »Du kannst hier anhalten.« Sie zeigte auf eine Parklücke vor dem Gebäude neben ihrem.

Kaum kam der Wagen zum Halten, war sie auch schon ausgestiegen. So leicht würde sie ihm nicht entkommen. Er ging um den Wagen herum und lief neben ihr her, während sie auf das Gebäude zuging, das sie ihr Heim nannte.

Es gefiel ihr besser, nur zu mieten. So konnte sie wenigstens bar bezahlen, unter falschem Namen, und weiterhin unauffindbar bleiben.

Niemand kann mich finden.

Außer Montgomery, ein Mann, der darauf bestand, ihr nicht von der Seite zu weichen. An der gläsernen Sicherheitstür blieb sie stehen. »Vielen Dank, dass du mich bis zur Tür gebracht hast. Wenn du mir jetzt noch die Nummer und den Namen des Abschleppdienstes geben könntest, werde ich dort am Morgen anrufen.«

»Ich bringe dich noch hoch.« Und es war keine Frage.

Er nahm sie am Ellbogen und eskortierte sie hinein, dann folgte er ihr in den Aufzug, die Kabine noch kleiner als sein Auto. Sie stand auf einer Seite, er auf der anderen. Die Tür schloss sich.

Sie bewegten sich nicht.

Genauso wenig wie der Aufzug.

Sie lehnte sich nach vorne und tippte auf die fünf, bevor sie sich schnell wieder zurückzog.

Er lachte leise. »Mache ich dir Angst, Annie?«

»Ja.« Sie log nicht. Nicht wenn er ohnehin wahrscheinlich sehen konnte, wie groß ihre Augen, wie schnell ihr Atem und wie verkrampft ihre Finger waren, mit denen sie ihre Tasche hielt.

»Du brauchst keine Angst vor mir zu haben.«

»Sagst du. Aber ich kenne dich kaum.« Sie wusste allerdings, dass sie ihn mächtig attraktiv fand, ihn küssen wollte, berühren wollte …

»Das stimmt. Allerdings kennst du mich mittlerweile besser als die meisten.«

»Das bezweifle ich.« Sie hatte den Eindruck, dass es noch sehr viel über Montgomery zu erfahren gab. Der Mann hatte Geheimnisse.

Die Tür des Aufzugs öffnete sich und sie rannte praktisch zu ihrer Wohnungstür und steckte unbeholfen den Schlüssel ins Schloss. Doch bevor sie eintreten konnte, schlossen sich seine Arme um ihren Körper und sie drehte sich erstaunt zu ihm um.

»Ich bin sicher zu Hause angekommen. Du kannst jetzt gehen.« Sie sagte die Worte mit hoher Stimme und atemlos.

»Willst du mich nicht hineinbitten?«, fragte er sie.

Komm rein. Zieh dich aus. Mach es dir gemütlich. Stattdessen sagte sie: »Das kannst du vergessen.«

Er lachte leise. »Wie wäre es dann mit einem Abschiedskuss?«

»Aber wir sind nicht auf einer Verab-« Sie hätte den

Satz zu Ende gesprochen, hätte er seine Lippen nicht auf ihre gelegt.

Er gab ihr einen heißen Kuss, der ihr sowohl den Atem als auch den Verstand raubte. Der ihre Knie zum Beben brachte. Und sie stöhnte, als er von ihr abließ.

Als sie die Augen öffnete, stellte sie fest, dass er sie intensiv anstarrte.

Frag mich noch mal. Frag mich, ob du reinkommen darfst, und du wirst sehen, was ich diesmal antworte.

»Gute Nacht, Annie.«

Und dann ging er. Ging nach dem intensivsten Kuss, den sie jemals bekommen hatte, und in dem Moment wusste sie, dass sie ihn nie wiedersehen durfte.

Er ist zu gefährlich.

KAPITEL VIERZEHN

Geh nicht weg.

Sieh sie an.

Und er sah sie an, ihren weichen Gesichtsausdruck. Die feuchten Lippen. Und hätte sie fast gefragt, ob er nicht doch reinkommen dürfte.

Er tat es aber nicht.

Reaper hatte gute Gründe dafür, und einer davon war, dass sie noch nicht bereit war. Oh, sie hatte auf seinen Kuss reagiert, daran bestand kein Zweifel. Die gegenseitige Anziehung war auf jeden Fall da, und doch versuchte sie, sich zurückzuhalten.

Sie war noch nicht bereit und um ganz ehrlich zu sein, war auch er noch nicht ganz bereit, obwohl er genau wusste, was er wollte.

Sie zu küssen hatte seine Sinne überflutet. Es hatte nicht nur seine Leidenschaft entfacht, sondern auch etwas, das er noch nie zuvor empfunden hatte. Es hatte seinen Beschützerinstinkt geweckt.

Ich muss dafür sorgen, dass sie in Sicherheit ist. Das war ihm ein unumgängliches Bedürfnis und plötzlich erinnerte er sich daran, dass jemand versucht hatte, ihr wehzutun.

Das konnte er nicht zulassen.

Jetzt war schon zweimal etwas passiert, als Annie dabei gewesen war. Einmal mochte vielleicht Zufall sein, aber zweimal … War sie vielleicht Ziel der Anschläge?

Oder was noch schlimmer gewesen wäre, benutzte jemand sie, um es ihm heimzuzahlen?

Es schien unwahrscheinlich. Er war seit fast einem Jahr inaktiv. Seine Tarnung war nicht aufgeflogen.

Ein guter Attentäter hatte aber immer Feinde. Natürlich nicht die Leute, die er getötet hatte. Die blieben tot.

Aber ihre Familien – Ehepartner, Kinder, sogar Eltern – hatten manchmal etwas gegen seine Arbeit. Sie verstanden einfach nicht, dass es nichts Persönliches war. Reaper wurde dafür bezahlt, einen Job zu erledigen. Die Lebenden jedoch ließen sich manchmal von ihren Emotionen einwickeln, sodass sie das Gefühl hatten, Rache nehmen zu müssen.

Handelte es sich also darum, dass jemand versuchte, Annie wehzutun, um sich an ihm zu rächen?

Er musste es herausfinden und deswegen verließ er sie jetzt. Aus diesem Grund hatte er auch Declan um den Gefallen gebeten, ihr Gebäude zu beobachten.

Sein Freund kam weniger als eine halbe Stunde später, während er aus unauffälliger Entfernung vom Auto aus ihr Gebäude im Auge behielt.

Er klopfte ans Fenster und Reaper machte es auf. Sein Freund lehnte sich hinein.

»Um was geht es also?«

»Fünfter Stock, fünftes und sechstes Fenster von links.

Vielleicht jemand, der ihr auflauert. Könnte sich um einen Profi handeln.« Einen Profi, der sie zweimal verfehlt hatte?

»Ich dachte, du würdest nicht mehr an Fällen arbeiten«, stellte Declan fest.

»Tue ich auch nicht. Es geht um was Persönliches.«

Declan sah ihn schockiert an. »Also, verdammt, Mann. Ich hätte nicht gedacht, dass die Partnervermittlung funktioniert.«

»Tut sie auch nicht.« Und da er wusste, dass Declan ihn noch weiter löchern würde, fügte er hinzu: »Es ist ziemlich kompliziert.«

Weil er eine Frau wollte, die ihn nicht wollte. Eine Frau, die ein Geheimnis umgab. Eine Frau, die er nur allzu ungern allein ließ.

Ist sie in Sicherheit? Was, wenn sie mich braucht? Sie wusste nicht einmal, dass sie sich an ihn wenden konnte, wenn sie Hilfe brauchte.

Und das konnte er ihr auch nicht sagen. Wenn er versuchte, ihr zu erklären, was er alles an besonderen Fähigkeiten hatte, hätte das nur zu Fragen geführt, die zu beantworten er noch nicht bereit war.

Allerdings gab es Wege, sie zu beschützen, bei denen er nicht zugeben musste, dass er von Berufs wegen Menschen umbrachte.

Auf seinem Weg ins Büro schmiedete Reaper Pläne.

Ich brauche Kameras. Ein paar, um ihre Wohnung und die Zugänge zum Gebäude zu beobachten. Damit er sie überwachen konnte, wenn er nicht zugegen war.

Außerdem würde er seinen Mechaniker darum bitten, in ihrem Auto ein zweites, verstecktes GPS-Gerät und ein

Mikrofon zu installieren, für den Fall, dass es irgendwelche Entführungsversuche gab.

Überwachung war der erste Teil dessen, was er zu tun hatte.

Ich muss mich verstärkt mit ihrer Vergangenheit beschäftigen. Tiefer graben. Vielleicht gehörte Annie zu einem Zeugenschutzprogramm. Das würde zumindest erklären, warum ihre Vergangenheit nicht weiter als ein paar Jahre zurückreichte. Hatte sie etwas gesehen, was sie nicht hätte sehen sollen? Hatte sie einen Gangster zum Freund gehabt? Angesichts derer mangelnden Gewissensbisse, wenn es darum ging, Menschen zum Schweigen zu bringen, würde das erklären, warum sie solche Angst hatte.

Als er das Büro erreicht hatte, hatte er im Geiste bereits mehrere Listen erstellt. An seinem Schreibtisch angekommen, nachdem er einen Bogen um Wendy und ihre gerunzelte Stirn gemacht hatte, legte er seinen Mantel und seine Jacke ab und krempelte die Ärmel hoch. Er versenkte sich in die Datenbanken. Stellte gründliche Nachforschungen an.

Allerdings konnte er nichts finden. Nichts als die gleichen Sackgassen, auf die er auch schon zuvor gestoßen war.

Aber es gab gute Nachrichten: Declan informierte ihn, dass bei ihrem Gebäude alles ruhig war, und er wagte es, sich zu Hause ein paar Stunden lang hinzulegen, bevor er am nächsten Morgen zu ihm ging.

Reaper traf sich mit Declan und führte eine Übergabe durch – das heißt ein Paket mit Überwachungsgeräten, die er als für ihren Schutz notwendig erachtete und nicht als Stalking ansah. Er ignorierte Declans gerunzelte Stirn.

»Willst du mir jetzt vielleicht sagen, warum du die Frau beobachtest?«, wollte Declan wissen.

»Das geht dich nichts an.« Denn wenn er es ihm erklärte, würde er etwas zugeben müssen, zu dem er noch nicht bereit war.

»Dafür, dass sie kein junges Mädchen mehr ist, ist sie ziemlich heiß.«

Woraufhin Reaper den anderen Mann ergriff und ihn gegen den Wagen stieß. »Wage es nicht, sie anzustarren. Sie ist außerhalb deiner Reichweite.«

»Ah, so ist das also.« Declan grinste ihn wissend an. »Ist schon in Ordnung.«

Nein, es war nicht in Ordnung. Die Beherrschung zu verlieren und seine Freunde anzugreifen war normalerweise nicht Reapers Vorgehensweise.

Wie konnte es einer Frau gelingen, ihn so zu verändern?

Reaper lehnte sich gegen sein Auto, schloss die Augen und fragte sich, was zum Teufel er hier machte. »Warum bin ich überhaupt hier?«, murmelte er laut.

»Ja, warum bist du hier?« Er öffnete die Augen und sah Annie, die ihn mit geröteten Wangen wütend anstarrte.

Sie sah in ihrem elfenbeinfarbenen Parka mit der Kapuze auf dem Kopf ausgesprochen attraktiv aus.

Er zeigte auf sein Auto. »Dein Wagen wartet.«

»Ich hatte eigentlich vor, den Bus zu nehmen.«

»Öffentliche Verkehrsmittel.« Er keuchte. »Bist du etwa verrückt geworden?«

»Nicht so verrückt wie du«, antwortete sie. »Bist du wirklich hier aufgetaucht, um mich zur Arbeit zu fahren?«

»Das ist es doch, was ein echter Gentleman tun würde.«

»Ohne sich vorher anzumelden.«

»Hätte ich es dir vorher gesagt, hättest du dich geweigert.« So viel wusste er bereits.

Sie schürzte die Lippen. »Das stimmt. Also überfällst du mich stattdessen.«

»Dieser freundliche Akt der Nächstenliebe ist kein Überfall. Dein Auto ist in der Werkstatt. Ich dachte einfach, es würde dir gefallen, zur Arbeit gefahren zu werden.«

»Und was willst du als Gegenleistung?«

»Gar nichts.«

»Ich glaube dir nicht.«

»Willst du damit etwa behaupten, ich hätte Hintergedanken?« Die hatte er auf jeden Fall. Er fragte sich nur, welche sie vermutete.

»Ich dachte, ich hätte klargestellt, dass wir nie zusammen sein können.«

»Das hast du. Es geht hier nicht darum, ein Paar zu werden. Hier geht es um Freundschaft.«

»Das geht weit über die Grenzen von Freundschaft hinaus.«

»Dann hast du ziemlich beschissene Freunde.« Er hielt ihr die Beifahrertür auf. »Außerdem bist du unangemessen trotzig und undankbar.«

»Und trotzdem kann ich dich nicht zum Verschwinden bewegen.«

Er grinste. »So leicht lasse ich mich nicht einschüchtern. Und jetzt steig ein. Ich fahre dich zur Arbeit.«

Er konnte sehen, dass sie Nein sagen wollte, und da er

das Wort nicht hören wollte, stoppte er es, bevor es aus ihrem Mund kommen konnte.

Und zwar indem er seinen Mund auf ihren drückte und dabei ihr überraschtes Keuchen erstickte.

Erst dann ließ er von ihr ab und murmelte: »Steig ein.«

Das tat sie, und erst als er vom Bordsteinrand wegtrat, murmelte sie: »Du spielst nicht fair. Tu das nie wieder.«

»Ich kann dir nichts versprechen, Süße.« Nicht wenn sie wie reine Ambrosia schmeckte.

Sie sprachen nicht viel auf dem Weg in ihr Büro. Er ließ sie schmoren, hauptsächlich weil er wusste, dass sie über ihn nachdachte.

Weil er wusste, dass sie annahm, er würde es versuchen, lehnte er sich nicht zu ihr, um sie zu küssen, als sie vor ihrem Büro ankamen. Er half ihr einfach mit einem ungezwungenen »Bis später« aus dem Wagen.

Und wie lächerlich war es, dass er die Stunden zählte?

KAPITEL FÜNFZEHN

Bis später.

Was sollte das denn heißen?

Und warum war Annique völlig unangebracht enttäuscht, dass er nicht mal versucht hatte, sie zu küssen? Sie hatte ihm gesagt, er solle es nicht tun. Er hatte es nicht getan. Und jetzt wünschte sie sich trotzdem, dass er es doch getan hätte.

Ich kann mich ganz offensichtlich nicht entscheiden.

Allerdings wusste sie, dass sie sich selbst nicht vertrauen konnte, wenn er da war. Es war an der Zeit sicherzustellen, dass es kein Später gab, und es würde damit anfangen, dass sie ihren Wagen zurückbekam. Nur dass sich das als schwieriger erwies als angenommen.

Stirnrunzelnd betrachtete sie das Handy. Am anderen Ende befand sich die Werkstatt, die ihren Wagen nicht freigeben wollte.

»Was soll das heißen, es wird noch ein paar Tage dauern, bis mein Wagen fertig ist? Er braucht doch nur neue Reifen.«

Allerdings behauptete der Mechaniker, dass noch viele andere Dinge gerichtet werden müssten, und Mr. Montgomery hätte die Reparaturen in Auftrag gegeben.

Mr. Montgomery schien in letzter Zeit ziemlich häufig in ihrem Leben aufzutauchen und sie war es langsam leid, deswegen nahm sie sich später an diesem Nachmittag ein Taxi und ließ sich zu seinem Büro fahren.

SMS zu schreiben oder ihn anzurufen war einfach nicht genug.

Sie wollte persönlich mit ihm sprechen, und nein, sie wollte nicht darüber nachdenken, warum das so wichtig war.

Der Wachmann fragte, was sie hier wollte, als sie in der Empfangshalle an ihm vorbeiging.

»Ich möchte einen der Immobilienmakler von Bad Boy Inc. sprechen.« Was für ein lächerlicher Name. Als handelte es sich um einen Motorradklub, andererseits würde einem die Werbung auf jeden Fall im Gedächtnis bleiben.

»Haben Sie einen Termin?«, wollte der Sicherheitsmann wissen und trat um seinen Tisch herum.

»Nein, aber ich bin sicher, dass Mr. Montgomery mich empfangen wird.«

»Es tut mir leid, aber ich muss ihn anrufen, damit er es bestätigt.«

»Es wäre mir lieber, Sie würden das nicht tun.« Sie verengte die Augen zu Schlitzen. »Ich möchte ihn überraschen.«

»Sind Sie eine Kundin?«

»Nein.«

»Seine Freundin?«, fragte er noch ungläubiger.

»Davon träumt er«, lachte sie verächtlich. »Und das ist genau das Problem. Ich muss Mr. Montgomery sagen, dass eine Frau es ernst meint, wenn Sie Nein sagt, und er nicht das Recht hat, Reparaturen an Ihrem Auto in Auftrag zu geben, die sie nicht benötigt.«

Der Sicherheitsmann kratzte sich am Kinn. »Reaper hat das getan?«

»Das hat er. Der dumme Mann ist herrisch und glaubt, wenn er mit mir flirtet, könnte er sich aus der Sache herauswinden. Aber diesmal nicht.«

»Reaper, flirten?« Der Wachmann schien es nicht fassen zu können. Er winkte zu den Aufzügen. »Gehen Sie nur, Ma'am. Ich werde Reaper nicht warnen, dass Sie zu ihm unterwegs sind. Aber ich werde an der Rezeption Bescheid sagen, damit Sie dort nicht auf der Stelle erschossen werden.« Er zwinkerte ihr zu.

Noch so ein Witzbold. Sie hatte wirklich genug von Männern, die sich für lustig hielten.

Die Fahrt mit dem Aufzug dauerte nicht lange genug, um sich darüber klar werden zu können, was sie sagen wollte. Allerdings bot sie genügend Zeit, daran zu zweifeln, dass es eine gute Idee gewesen war hierherzukommen.

In ihrem Büro hatte es noch nach einer tollen Idee geklungen, ihn persönlich zu konfrontieren. Sie würde ihm klarmachen, dass er aufhören musste, sich in ihr Leben einzumischen.

Doch nun, da die Türen des Aufzugs sich öffneten und den Blick auf elegante Büroräume, einen großen Empfangsbereich und einzelne Büros mit Glaswänden freigaben, die man leicht einsehen konnte, hätte sie sich fast umgedreht und wäre wieder gegangen.

Was mache ich hier eigentlich? Sie drehte sich um, um wieder in den Aufzug zu steigen, aber die Türen waren bereits zu, sodass sie nicht entkommen konnte.

Verdammt. Sie drehte sich um und bemerkte, dass die Rezeptionistin aufgestanden war.

Mit strahlendem, einladendem Lächeln sagte die ältere Dame: »Sie müssen die Frau sein, wegen der Frankie mich angerufen hat. Sie sind hier, um Reaper zu sehen.«

Wieder dieser dämliche Name. Allerdings war Charming auch nicht gerade besser. »Mr. Montgomery und ich haben noch eine Rechnung offen.«

Die Blondine mit ihrem auftoupierten Haar, das an die achtziger Jahre erinnerte, konnte ihre Neugier nicht im Zaum halten. »Geht es um eine Immobilie?«

»Um etwas Persönliches.«

Sie schlug die Hände zusammen. »Wirklich? Der alte Schwerenöter. Ich glaube nicht, dass er Sie erwähnt hat. Wer sind Sie, Schätzchen?«

»Seine Partnervermittlerin. Zumindest war ich das«, antwortete Annique verärgert. »Er hat mich angestellt, um die richtige Partnerin für ihn zu finden, aber er ist unmöglich.« Unmöglich perfekt. »Ich habe ihn bereits darüber informiert, dass wir nicht helfen können, aber er weigert sich, ein Nein als Antwort zu akzeptieren.«

»Reaper gehört eher zu der trotzigen Sorte Männer, aber wer kann dem charmanten Kerl schon widerstehen?«

»Aber nur weil er gut aussieht, bedeutet das noch längst nicht, dass er alles haben kann, was er möchte«, grummelte sie.

»Oh, was hat er angestellt?« Die Frau klang neugierig.

»Er lässt mich einfach nicht in Ruhe. Ist wohl der Meinung, er könnte mir sagen, wie ich mich zu verhalten habe.«

»Er mischt sich in Ihr Privatleben ein?« Sie sagte das mit äußerst skeptischem Ton. Anscheinend kannte seine Kollegin ihn nicht besonders gut.

»Ja, das tut er, und das muss sofort aufhören. Ich kann keine Frau für ihn finden, wenn er darauf besteht, mit mir zu flirten. Ich bin nur dazu da, für jeden die richtige Partnerin zu finden. Allerdings stehe ich selbst nicht zur Auswahl, und ganz besonders bin ich nicht das, was er braucht.«

»Natürlich sind Sie das nicht. Aber nur aus Neugier, was braucht er denn Ihrer Meinung nach?«

»Zu allererst mal jemanden, dem es egal ist, dass er arrogant ist.«

»Er ist ausgesprochen selbstsicher«, stimmte die Empfangsdame ihr zu.

»Jemanden, der ihn auf den Boden der Tatsachen zurückbringt, da er viel zu attraktiv ist, als es gut für ihn ist.«

»Das ist wahr.«

»Und er flirtet zu viel. Ein Mann sollte nicht mit einer Frau flirten, die sagt, dass sie nicht an ihm interessiert ist.« Selbst wenn das dafür sorgte, dass sie sich lebendig und attraktiv fühlte.

Dies hätte fast dazu geführt, dass die Frau erstickte. »Nein, das sollte er wirklich nicht.«

»Annie? Was machst du denn hier?« Montgomery kam aus einem der Büros und ging auf sie zu, er sah sie jedoch nicht verärgert an, weil sie ohne Vorwarnung an seinem Arbeitsplatz aufgetaucht war, sondern lächelte sie einladend an.

Der Idiot.

Ich werde nicht nachgeben. Ich bin noch immer wütend.

Sie zeigte mit dem Finger auf ihn. »Du hast dem Mechaniker gesagt, er solle meinen Wagen reparieren.«

»Weil deine Bremsen im Eimer waren.«

»Und mein Auspuff?«

»Ich tue nur der Umwelt einen Gefallen.«

Der selbstsichere Idiot hatte eine Antwort für alles. »Aber es ist mein Auto.«

»Ja. Du kannst dich später bei mir bedanken, dass ich dir dabei helfe, dich darum zu kümmern.«

»Mich bei dir bedanken?«, entgegnete sie ungläubig. »Ich habe dich nicht darum gebeten, dich in meine Angelegenheiten einzumischen.«

»Gut, dass ich es trotzdem getan habe, weil du nämlich jemanden gebraucht hast, der das tut.«

»Hör sofort auf.« Sie schüttelte den Kopf. »Ich weiß genau, was du machst.«

»Können wir woanders darüber reden?« Er warf der Empfangsdame einen Blick zu, die sie ganz offen beobachtete und der wohl nur eine Tüte Popcorn fehlte.

»Mit dir gehe ich nirgendwohin. Ich lasse nicht zu, dass du mich wieder küsst, sodass ich nicht mehr klar denken kann, wie du es heute Morgen gemacht hast.« Ein Kuss, der dafür gesorgt hatte, dass sie in seinem Wagen saß und er sie zur Arbeit fuhr, bevor ihr ein Grund dafür einfiel, warum er es nicht tun sollte.

»Geh sofort in mein Büro oder ich sorge unter Einsatz

aller Mittel dafür.« Er zeigte mit dem Finger in die Richtung.

Sie streckte trotzig das Kinn vor. »Oh nein, das wirst du nicht tun. Ich bin nur gekommen, um dir zu sagen, du sollst mich in Ruhe lassen.«

»Ich glaube, dass du aus einem anderen Grund hier bist.«

»Nein, das bin ich nicht.« Sie wich vor ihm zurück, als er auf sie zuging.

»Du wolltest mich sehen.«

»Nein, wollte ich nicht.« Obwohl sie es natürlich wollte.

»Ich wollte dich auch sehen.«

Sie wurde ganz feucht, als er das sagte. Doch trotzdem gab sie nicht nach. »Ich will nichts mit dir zu tun haben.«

Er stand jetzt vor ihr. »Ich möchte dich zum Abendessen einladen.«

»Was verstehst du nicht an *Ich will nichts mit dir zu tun haben*?«

»Willst du wirklich, dass ich gehe?« Er zog eine Augenbraue hoch. »Ich werde es tun, wenn du mir sagst, dass du mich nicht magst.«

»Das ist doch idiotisch.«

»Sag es. Sag: ›Reaper, ich hasse dich.‹«

»Das ist doch kindisch, Mr. Montgomery.«

»Du bist diejenige, die sich kindisch verhält, indem du dich weigerst zuzugeben, dass du mich magst. Sag mir, was du für mich empfindest, und ich werde gehen.«

»Ich hasse dich«, knurrte sie. Vor allem hasste sie die Tatsache, dass sie mit ihm zum Abendessen gehen und ihn noch ein wenig mehr küssen wollte.

»Gibst du Leuten, die du hasst, immer Zungenküsse?«

»Ich kann mich nicht mit dir einlassen.«

»Und warum nicht?« Er lehnte sich näher zu ihr.

Die Tür des Aufzugs klingelte und sie sprang in die Kabine.

Er folgte ihr.

Es war wirklich viel zu eng hier drin.

»Das ist Belästigung«, behauptete sie.

»Wir befinden uns in der Öffentlichkeit.«

»Warum willst du unbedingt erzwingen, dass da etwas zwischen uns ist?«

»Ich erzwinge hier gar nichts. Du magst mich.«

»Na und? Schokolade mag ich auch, doch das bedeutet nicht, dass ich jedes Mal der Versuchung nachgebe, sobald ich ein Stückchen sehe.«

»Wäre es denn so schlimm, sich auch mal gehen zu lassen?« Er rückte näher. Sein Körper berührte beinahe ihren.

Die Türen des Fahrstuhls öffneten sich und Leute stiegen ein. Sie mussten also noch näher zusammen rutschen, konnten sich aber nicht mehr unterhalten.

Sie kamen im Erdgeschoss an, doch er ließ sie nicht aussteigen. Sie versuchte, ihn aus dem Weg zu schubsen, doch er bewegte sich nicht und die Türen schlossen sich, kurz bevor der Aufzug sich wieder in Gang setzte.

»Hier wollte ich aussteigen«, zischte sie.

»Wolltest du nicht, mein Wagen steht nämlich zwei Stockwerke tiefer.«

»Mit dir fahre ich nirgendwohin.«

»Selbst dann nicht, wenn ich dir sage, dass ich Neuigkeiten habe, was den Angriff auf das Restaurant angeht?«

Das war es, und sonst gar nichts, das schließlich dafür sorgte, dass sie ihm in einem kleinen schicken Bistro gegenübersaß.

Lügnerin. Sie hatte das Bistro ausgesucht, obwohl sie sehr genau wusste, dass die Tische so klein waren, dass sich ihre Knie berühren würden.

Sie musste fliehen … bevor sie etwas Dummes tat. Wie zum Beispiel ihn zu küssen.

KAPITEL SECHZEHN

Reaper saß Annie gegenüber und wusste, dass sie Fluchtgedanken hegte. Aus irgendeinem Grund brachte er sie aus der Fassung. Konnte sie vielleicht spüren, dass er ein Attentäter war?

Ich werde dir nicht wehtun.

Aber er würde vielleicht jemand anderem wehtun, wenn sie nicht endlich anfing, zu sprechen und die Wahrheit zu sagen.

Sie rührte mit dem Strohhalm in ihrem Getränk herum, während sie ihm zuhörte und sie sich einen Teller mit Jakobsmuscheln und Pommes mit Trüffelöl teilten.

»Wie kommt es, dass ich noch nichts in den Nachrichten darüber gehört habe, dass der Schütze verhaftet wurde?«, wollte sie wissen.

»Die Presse wurde noch nicht informiert.«

»Und trotzdem weißt du es schon«, stellte Annie fest.

»Ich habe da ein paar Freunde.« Und Schmiergeld an den richtigen Stellen konnte erstaunliche Informationen zu Tage fördern. In diesem Fall zum Beispiel die, dass ein Verrückter namens Samuel Jenkerson ohne festen Wohnsitz festgenommen wurde, weil er mit einer Waffe in der Hand herumspazierte und proklamierte, dass Satan ihn dazu gezwungen hätte. Als er gefragt wurde, wie sein Auftrag lautete, hatte Samuel geantwortet: »Das Mädchen und ihren Freund erschießen.«

»Also hat jemand diesen Samuel angeheuert, um jemanden zu erschießen. Hört sich nach einem Ex-Freund an, der durchgedreht ist.«

Reaper sah sie scharf an. »Ist es das? Ein Ex, der einfach nicht loslassen kann?« *Sag mir, um wen es sich handelt, Annie, und ich werde ihn pulverisieren.*

»Woher soll ich das wissen? Das Ganze hat nichts mit mir zu tun. Ich war einfach zur falschen Zeit am falschen Ort.«

Sie hob sich ihr Getränk an die Lippen und nahm einen winzigen Schluck von ihrem Manhattan.

»Die Polizei versucht immer noch herauszufinden, welches Pärchen Samuel umbringen sollte und wem die Waffe gehört. Bist du dir sicher, dass niemand sich an dir rächen will?«

»Jedenfalls waren wir nicht das Ziel.«

»Wie kannst du dir dessen so sicher sein?«, wollte Reaper wissen.

»Mein Ex-Freund ist tot. Ein Bootsunfall.«

»Das tut mir leid.« *Von wegen. Das war schon eine Leiche weniger, die er loswerden musste.*

»Er war kein guter Freund gewesen, es war also keine große Tragödie.«

Was an sich schon ziemlich interessant war. Er hatte keinerlei Polizeiberichte gefunden, weder für häusliche Gewalt noch dafür, dass sie eine Zeugenaussage machen musste, was darauf hindeutete, dass es sich tatsächlich um einen Unfall gehandelt hatte und dass es keinen Verdächtigen gab.

»Wo hast du gelebt, bevor du hergezogen bist?«, wollte er wissen.

»Ich lebe schon mein ganzes Leben hier.«

Sie log. Aber wie sollte er sie darauf ansprechen, ohne zuzugeben, dass er bereits Bescheid wusste?

Sie wird mich beschuldigen, sie zu verfolgen. Und damit läge sie nicht allzu weit daneben.

Er war wie besessen von der Frau und jetzt wusste es auch jeder im Büro. Sherry hatte ihm eine SMS geschrieben, und auch Harry. Alle wollten wissen, wer Annie war.

Sie gehört mir.

»Warum bist du wirklich zu mir gekommen?«, fragte Reaper.

»Das habe ich dir doch schon gesagt. Ich will, dass du aufhörst, dich in meine Angelegenheiten einzumischen.«

»Dazu hättest du auch anrufen oder mir eine SMS schreiben können.«

»Ich habe keine Angst davor, Dinge persönlich zu regeln.«

Starke Worte und doch zitterte sie. »Wovor hast du Angst, Annie?«

Vielleicht hätte sie geantwortet, doch just in dem Moment kam der Kellner mit einem Tablett an ihren Tisch. Darauf befand sich eine einzige weiße Rose.

»Für die Dame«, sagte der junge Mann und gab sie Annie.

Sie wurde bleich. »Hast du das gemacht?« Sie sah ihn erschrocken an.

Nein, hatte er nicht, und so wie es aussah, hatte es eine Bedeutung für sie.

Er griff den Kellner am Handgelenk. »Wer hat Ihnen das gegeben?«

»Ein Mann an der Bar.«

»Welcher Mann? Zeigen Sie ihn mir.« Er ließ seinen Blick über die Anwesenden gleiten, die an der Bar saßen und von denen die meisten Anzüge trugen.

»Lassen Sie mich los, Sir.« Der Kellner versuchte, sich loszureißen, doch Reaper lockerte seinen Griff nicht.

»Ich werde Sie loslassen, wenn Sie mir sagen, welcher verdammte Mann Sie mit dem hier hergeschickt hat.«

»Es spielt keine Rolle. Ich muss jetzt gehen.« Annie sprang auf und griff nach ihrem Mantel. Mit schnellen Schritten verließ sie das Restaurant.

Er warf schnell ein wenig Geld auf den Tisch und eilte ihr nach. Das wurde langsam zur Gewohnheit.

Er holte sie auf dem Bürgersteig ein, wo sie sich hektisch nach links und rechts umsah.

»Vor wem hast du Angst, Annie?«

»Vor niemandem.«

»So eine verdammte Scheiße.« Sie zuckte zusammen und er atmete tief durch. »Es tut mir leid.«

»Ich kann jetzt nicht mit dir reden«, sagte sie mit einer Stimme, die kaum mehr als ein Flüstern war. »Ich muss schnell nach Hause.«

Er würde sie nach Hause bringen, auf keinen Fall würde er sie jetzt allein lassen.

Weder jetzt.

Noch jemals.

Und was den anbelangte, der dafür gesorgt hatte, dass sie jetzt solche Angst hatte? *Ticktack, Arschloch, ich komme dich holen.*

KAPITEL SIEBZEHN

»Gehen wir.« Er legte ihr die Hand ins Kreuz und Annique protestierte nicht.

Sie hatte Angst und konnte nicht leugnen, dass sie sich in seiner Gegenwart sicherer und beruhigt fühlte.

Dieser Mann, der von seinen Freunden Reaper genannt wurde, strahlte eine solche Selbstsicherheit aus, dass sie wusste, dass er sich selbst und sie beschützen konnte.

Und genau das brauchte sie jetzt.

Sie brauchte ihn.

Zur Abwechslung ärgerte er sie nicht mit Fragen oder Neckereien. Fast vollkommen schweigend fuhren sie zu ihrer Wohnung und erst als sie fast da waren, fragte er schließlich: »Was hat es mit der Rose auf sich?«

»Nichts.« Sie sagte es leise und monoton.

»*Nichts* lässt dich nicht wie ein Blatt im Wind zittern. Warum hast du Angst?«

»Ich habe keine Angst.« Annique sprach die Lüge mit zitternder Stimme aus und wartete darauf, dass er noch weitere Fragen stellte, doch danach sagte er nichts mehr.

Er parkte den Wagen vor ihrem Gebäude und sie sprang heraus. Er folgte ihr.

Sie freute sich darüber, war aber gleichzeitig auch verärgert.

»Du kannst jetzt gehen. Ich brauche dich nicht«, knurrte sie.

»Diese Diskussion hatten wir doch schon. Du hast sie damals nicht gewonnen, du wirst sie jetzt nicht gewinnen. Ich bringe dich bis zu deiner Wohnung.«

»Das ist völlig unnötig. Nur die Anwohner können hineingelangen. Die Haustür wurde besser gesichert.« Endlich. Sie wedelte mit ihrer verschlüsselten Ausweiskarte vor seiner Nase herum.

»Das stimmt nicht. Heute kann jeder vorbeikommen.« Er zog an der Tür und sie ging auf. Er zeigte auf das Schloss. »Sie schließt nicht mehr, weil jemand Kaugummi in die Schließvorrichtung gestopft hat.«

Und obwohl kalte Furcht plötzlich Besitz von ihr ergriff, gelang es ihr noch zu murmeln: »Mach dir keine Sorgen um mich.« Doch ihre Worte trafen auf taube Ohren.

Und diesmal machte ihr Reapers trotzige Art nichts aus. Im Aufzug fand sie seine Anwesenheit angenehm beruhigend. Wie ein Schild gegen ihre Furcht. Am liebsten hätte sie sich an ihn gekuschelt und sich versteckt.

Sie wollte, dass jemand ihr sagte, dass alles wieder in Ordnung käme, auch wenn ihre ganze Welt um sie herum zusammenbrach.

Die Tür des Aufzugs öffnete sich im fünften Stock und der dahinter liegende Gang war dunkel. Sie trat nicht aus dem Fahrstuhl.

Er andererseits stellte sich in den Türrahmen und blockierte die Tür des Aufzugs.

»Komisch, dass die Lichter aus sind«, bemerkte er. »Ich hätte schwören können, dass sie gestern Abend noch funktioniert haben.«

»Das haben sie auch.«

»Bleib hinter mir.«

Sie wäre lieber in die hell beleuchtete Empfangshalle zurückgekehrt, doch stattdessen nahm sie die kleine Stufe, versteckte sich hinter ihm und ging leise den Gang hinauf.

Das einzige Licht kam von den Spalten unter den Türen, aber es reichte, dass sie wenigstens ein wenig sehen konnten.

Er machte halt und sie lief gegen seinen breiten Rücken.

»Jemand hat ein Geschenk hiergelassen.«

Ihr sank das Herz und sie spähte um ihn herum, um nachzusehen. Auf dem Boden lag ein Strauß Blumen. Er war zertrampelt, doch trotzdem bemerkte sie die weißen Blütenblätter.

Die Tür zu ihrer Wohnung selbst schien unberührt und trotzdem zitterten ihre Hände, als sie aufsperrte. Ein Klicken ertönte, doch das beruhigte sie keineswegs.

Der einzige Grund dafür, dass sie nicht schreiend davonlief, war, dass Montgomery ganz nahe bei ihr blieb.

Die Tür schwang auf und er ging zuerst hinein. Sie folgte ihm und griff nach links, um das Licht einzuschalten. Als das Licht anging, sah sie nichts weiter als den Stoff seines Mantels, der ihr noch immer die Sicht versperrte.

Sie musste ihn nicht erst fluchen hören, um zu erraten, was er sah.

»Verdammt noch mal. Irgendjemand hat deine Wohnung zerstört.«

Nicht irgendjemand. *Er.*

Man konnte die Zeichen einfach nicht anders deuten. Er war doch nicht tot. Irgendwie hatte Joel überlebt.

Und er hatte sie gefunden.

KAPITEL ACHTZEHN

Man brauchte keine besondere Überredungskraft, um Annie davon zu überzeugen, sich umzudrehen und den Ort der Verwüstung zu verlassen.

Derjenige, der in ihre Wohnung eingedrungen war, wollte sie nicht bestehlen, sondern eine klare Nachricht hinterlassen. Eine, die besagte *Ich kann dich immer kriegen, wann ich will*.

Das Ausmaß der Zerstörung – aufgeschlitzte Kissen, die Beine der Stühle abgebrochen, zerbrochene Teller – zeugte von Rache und dem Wunsch, Angst einzuflößen.

Reaper sollte es wissen. Er war selbst ziemlich gut darin.

Erst als sie in seine Garage fuhren, hatte Annie genügend Energie, um ihn endlich zu fragen: »Wohin bringst du mich?«

»In meine Wohnung.«

Daraufhin wurde sie nervös. »Nein. Ich muss in ein Hotel.«

»Die Sicherheitsmaßnahmen in den Hotels sind scheiße.«

»Dann bring mich zum Flughafen oder zu einem Bahnhof.«

»Du wirst nicht weglaufen.«

»Ich muss. Ich kann nicht hierbleiben.«

»Sag mir, wer dich bedroht.«

»Ich will dich da nicht mit hineinziehen.«

»Zu dumm.«

»Das ist kein Witz.« Sie sah ihn mit funkelnden Augen an. »Ich will deine Hilfe nicht.«

»Ja. Ich weiß, dass du sie nicht willst, und trotzdem helfe ich dir.«

Sie schüttelte den Kopf und ihr loser Dutt löste sich noch weiter. »Du weißt nicht, worauf du dich einlässt. Du hast keine Ahnung, womit ich es zu tun habe.«

»Dann sag es mir.«

»Ich kann nicht.« Sie schüttelte den Kopf und ihre Unterlippe bebte. »Es gibt Dinge in meinem Leben, die sind gefährlich. Ich darf nicht zulassen, dass du da hineingezogen wirst. Du könntest verletzt werden.«

Er lehnte sich zu ihr und flüsterte: »Ganz ehrlich, das ist mir immer noch egal, und du wirst vielleicht überrascht sein, was ich alles aushalten kann.«

Er hörte sie murmeln: »Eingebildeter Immobilienmakleridiot«, als er sich aus dem Wagen schwang.

Sie zitterte noch immer, als er ihr aus dem Fahrzeug half, stand noch immer unter Schock.

Was für ein Arschloch terrorisierte eine Frau?

Wohl die Art, die er gern töten würde.

Als bräuchte er dafür einen Grund.

Er legte ihre Hand in seine Armbeuge, was bedeutete, dass er nur die linke frei hatte, falls etwas passierte.

Aber – und das war auch der Grund, warum er sich für seine Wohnung statt eines Hotels entschieden hatte – niemand außer seinen engsten Verbündeten wusste, wo er wohnte, und die konnte er an einer Hand abzählen.

Außerdem waren die Sicherheitsvorkehrungen fantastisch und zusätzlich wurden sie von seinen Freunden bei Bad Boy Inc. überwacht.

Außerdem gab es in seiner Wohnung all die Ausrüstung und Spielzeuge – so viele tödliche Spielzeuge –, die man sich als Attentäter wünschen konnte.

Sollte das Arschloch doch kommen und sie finden. Er würde ihm nur zu gerne zeigen, was er von Typen hielt, die Frauen terrorisierten.

Meine Frau.

Reaper würde mit seinen Kniescheiben anfangen, weil es nämlich wirklich verdammt wehtat, wenn man sie brach, und außerdem konnte man dann nicht mehr weglaufen. Dann würde er ihm vielleicht einige Finger brechen. Sie zerbrachen wie kleine Äste, wenn man sie richtig verbog. Dann …

»Warum machst du das? Mir helfen?« Sie stellte ihre leise Frage mit zitternder Stimme.

»Weil ich es nicht mag, wenn Arschlöcher Frauen terrorisieren.«

»Ein Ritter im Anzug«, sagte sie und lachte so heftig, dass es schon fast hysterisch war. »Und wo ist dein Schwert?«

Er behielt sein Schwert in der Hose. »Ich brauche kein Schwert. Ich komme ganz gut mit meinen Fäusten klar.« Der Aufzug glitt sanft nach oben. Zum Penthouse. Wohin auch sonst.

»Ich habe gesehen, wie du kämpfst. Du bist gut.«

»Ich weiß.« Bescheidenheit gehörte wohl nicht zu den Charakterzügen, die er kultivierte.

»Aber gut mit den Fäusten kämpfen zu können wird dir nicht helfen. Und mir auch nicht.« Sie senkte das Kinn und er musste die Fäuste ballen, um nicht auf irgendetwas einzuschlagen.

Wie konnte es jemand wagen, ihr solche Angst zu machen?

Reaper wollte diese Angelegenheit in Ordnung bringen. Er wollte, dass sie erneut ihr Kinn trotzig vorstreckte, ihn mit blitzenden Augen ansah und vor nichts zurückschreckte.

Die Tür des Aufzugs öffnete sich und gab den Blick auf einen Vorraum voller Kameras frei. Er gab ein Zeichen, um zu zeigen, dass alles in Ordnung war mit seinem Gast, weil sie immer jemand beobachtete, besonders seit dem Vorfall mit Calvin im Sommer.

In der eigenen Wohnung angegriffen. Der Abschaum hatte wirklich Nerven. Da Reaper sich noch immer von seinen Schusswunden erholte, hatte Harry ihm nicht erlaubt, an dem Spaß teilzunehmen, aber er hatte davon gehört.

Wenn man sich mit einem der Angestellten von Bad Boy Inc. anlegte, hatte man alle von ihnen am Hals.

Als er näher kam, klickte die Tür zu seiner Wohnung und öffnete sich dann.

»Geister oder ein Butler?«, fragte sie, als sie es bemerkte.

»Keins von beiden. Ich trage einen Anhänger am Körper, der die Tür öffnet.« Er bat sie, als Erstes hineinzugehen. In seinem Wohngebäude machte er sich keine Sorgen um die Sicherheit. Niemand, dem es tatsächlich gelang, ungebeten einzudringen, würde seine Wohnung lebend verlassen.

In dem Moment, als sie eintraten, gingen Lichter an, weiches Licht aus vertieften Deckenleuchten, die den offenen Grundriss und die Wand der raumhohen Fenster zur Geltung brachten.

Extrem widerstandsfähiges Glas, würde er vielleicht hinzufügen, das nicht leicht zerbrach, selbst wenn jemand mit einem Scharfschützen-Gewehr auf ihn schoss. Aber ein Fernlenkgeschoss andererseits … Wenn jemand so waghalsig wurde, hatte er größere Probleme.

Direkt vor ihnen befand sich das Wohnzimmer, der brasilianische Teakholzboden machte den hochflorigen Teppichen in Grautönen Platz. Die Wände waren cremefarben und mit abstrakter Kunst dekoriert, nichts mit zu viel Farbe.

Wenn er nach einem Tag voller Blut und Geschrei nach Hause kam – und sie schrien immer, es sei denn, man würgte sie –, genoss er die friedliche Ruhe in diesem schlichten Raum.

Annie öffnete den Reißverschluss ihrer Stiefel und sagte kein Wort, als sie sie auszog und nur mit Socken an den Füßen eintrat. Sie ging direkt zum Fenster und schaute hinaus.

Eingerahmt vor dem Glas und der Kulisse der Stadt mit

ihren funkelnden Lichtern sah sie klein aus. Zerbrechlich. Ein Gefühl, sie um jeden Preis beschützen zu müssen, überkam ihn.

Sie musste in der Spiegelung des Fensters gesehen haben, wie er sich näherte, aber sie bewegte sich nicht, als er sich hinter sie stellte. Ein offensichtliches Schild gegen ihre Verletzlichkeit.

»Tagsüber kann man den Fluss sehen«, sagte er, um das Eis zu brechen.

»Von meiner Wohnung aus, egal ob tagsüber oder abends, kann ich sehen, wie der Typ aus 4B auf seinem Balkon nackt Yoga macht.«

Er erstarrte.

Sie lachte. »Ich sollte vielleicht hinzufügen, dass er so um die achtzig, wenn nicht sogar älter ist. Alles andere als ein schöner Anblick. Aber darum muss ich mir jetzt wohl keine Sorgen mehr machen.«

»Da hast du recht, ich werde nämlich eine bessere Wohnung für dich finden.« Er hatte noch Platz im Schrank. Im Badezimmer gab es zwei Waschbecken.

Erschießt mich sofort. Warum denke ich überhaupt über so was nach?

Weil irgendetwas an der Tatsache, dass Annie hier bei ihm war, sich so unglaublich richtig anfühlte.

Sie seufzte. »Du wirst gar nichts tun, weil ich nämlich verschwinden werde.«

»Meinst du damit nicht weglaufen?«

Sie zuckte mit den Achseln und drehte sich zu ihm um, um ihn anzusehen. Sie standen einander jetzt so nahe, dass sie den Kopf heben musste, um ihm in die Augen zu sehen. »Manchmal ist das die einzige Wahl, die einem bleibt.«

»Und was wäre, wenn du bleibst und kämpfst?«

»Das habe ich schon einmal versucht.« Ein Schatten legte sich über ihre Züge. »Und ganz offensichtlich habe ich versagt.«

»Wer hat das alles getan?« Weil er nicht den geringsten Zweifel daran hegte, dass sie es genau wusste. Es wurde ganz klar durch die Angst, die in Wellen von ihr abstrahlte, und die subtilen Hinweise in ihren Worten.

»Ein Geist.« Ein kleines Lächeln umspielte ihre Mundwinkel. »Und man kann nicht etwas bekämpfen, das es gar nicht gibt.«

»Das haben die Ghostbusters auch getan.«

»Filme sind keine Realität. Hör zu, ich weiß, dass du es gut meinst, aber du hast keine Ahnung, mit wem du es zu tun hast. Allein die Tatsache, dass ich hier bei dir bin, bringt dich in Gefahr.«

»Hier kann dir niemand etwas tun.«

»Schlösser halten einen Geist nicht auf.«

Kugeln hingegen schon. Allerdings sagte er das nicht. »Du bist müde. Du solltest ein wenig schlafen. Morgen früh sehen die Dinge schon ganz anders aus.«

»Nein, das tun sie nicht.« Es klang so niedergeschlagen, dass es sein Blut in Wallung versetzte. Wer hatte nur eine solche Macht über sie, dass sie sich in einen Schatten ihrer selbst verwandelte?

Ich werde ihn umbringen.

Aber erst musste er einmal herausfinden, wer *er* war. Und da sie es ihm nicht sagen wollte, musste er sie erst mal aus dem Weg räumen, damit er es herausfinden konnte. Die Kameras, die Declan installiert hatte, sollten ein paar Hinweise liefern.

Sie sagte nicht viel, als er ihr ein T-Shirt hinhielt und ihr mitteilte, dass sie sich im Badezimmer umziehen könne. Sie protestierte erst, als sie bemerkte, dass sie in seinem Schlafzimmer schlafen sollte.

»Hier kann ich nicht schlafen. Bei dir.« Ihre weit aufgerissenen Augen wirkten fast panisch und standen im krassen Gegensatz zu ihren Brustwarzen, die sich gegen den Stoff des T-Shirts abzeichneten.

Verdammt sei das plötzlich aufgetauchte Gentleman-Gen, das ihn davon abhielt, sie zu verführen und seine Lippen um die kleine Knospe zu schließen.

»Ich nutze das andere Zimmer als Büro und darin ist kein Bett. Ich werde auf der Couch schlafen; du musst dir um deine Tugend keine Sorgen machen.« Wenn er es auch nicht freiwillig tat. Doch selbst er konnte nicht umhin zu bemerken, dass er sie in ihrem aufgebrachten Zustand nicht ausnutzen durfte.

Ich will aber.

Sie stand mitten im Raum, sein T-Shirt reichte ihr fast bis zu den Knien, ihr Körper ging darin so gut wie unter und für einen Moment hätte er beinahe gedacht, *scheiß drauf*. Er hätte sie fast fest bei den Armen ergriffen, um ihr zu sagen, dass sie sich keine Sorgen machen musste.

Außer, dass das nichts bringen würde. Er konnte nur das, was ihr Angst machte, an der Wurzel packen und vernichten. Und das konnte er nur allzu gut.

Auch dauerhaft.

Er schloss die Tür und betrat sein Büro. Es dauerte

einige Minuten, um die verschiedenen Sicherheitsmaßnahmen abzuschalten, aber schließlich war er drin. Und fluchte.

Die Kameras, die Declan installiert hatte? Alle hatten perfekt funktioniert, bis etwa eine halbe Stunde vor ihrer Ankunft. Alle von ihnen, jede einzelne, war schwarz.

Er hatte keine Aufnahmen von dem Täter, der ihre Wohnung zerstört hatte.

Er knallte mit der Faust auf den Schreibtisch und fluchte. Hier war er mit Zugang zu allem, was er wollte, und es brachte ihn nicht weiter.

Annique Darlington existierte kaum. Ausführlichere Recherchen zeigten, dass sie nicht an irgendwelchen Schulen registriert war, zumindest an keinen, auf die er Zugriff hatte. Ihre angebliche Geburtsurkunde war nur elektronisch, das ursprüngliche Gebäude, in dem sich der Papierkram befand, war vor über einem Jahrzehnt praktischerweise überflutet worden, sodass eine Überprüfung unmöglich war.

Wie standen die Chancen, dass sie ihren Namen geändert hatte? Ziemlich gut, aber das machte seine Suche noch komplizierter. Er konnte nicht einfach eine x-beliebige Frau aus Millionen von Menschen finden. Nicht ohne einen Namen.

Aber er hatte ein Geburtsdatum. Wahrscheinlich auch eine Fälschung. Ihre DNA? Die wurde noch immer überprüft.

Das verdammte Labor war überfordert und da es sich um etwas Persönliches handelte, konnte er nicht verlangen, dass sie sich beeilten.

Nachdem er seine Maschine so eingestellt hatte, dass

sie einige automatisierte Suchen und Gegenkontrollen durchführte, beschloss er zu versuchen, ein bisschen zu schlafen.

Warum auch nicht.

Außer, dass er nicht schlafen konnte. Die Couch war zum Sitzen und nicht zum Schlafen gedacht.

Ich sollte eigentlich in meinem Bett sein.

Wem wollte er eigentlich etwas vormachen? Wenn er gerade mit Annie im Bett wäre, würden sie nicht schlafen. Sie würden vögeln.

Vielleicht sogar danach kuscheln, was ein Novum wäre, wenn man bedenkt, dass er normalerweise keine Frauen in sein Haus ließ, und er hatte ganz sicher noch nie die Nacht mit irgendeiner von ihnen verbracht.

Er hatte seine Lektion schon früh gelernt, dass die Person, die am Vorabend mit dir ins Bett ging, nicht immer die Person war, mit der du am nächsten Morgen aufwachst. Alkohol und eine großzügige Schicht Make-up konnten dafür sorgen.

Er legte sich auf die Seite und versuchte, Kugeln zu zählen, die er auf Truthähne abfeuerte.

Ein Truthahn. Abendessen.

Zwei Truthähne. Sandwiches.

Drei Truthähne. Suppe.

Er hatte es bis zu vierzig Truthähnen geschafft und zu dem größten Festmahl aller Zeiten mit Preiselbeeren, als er es hörte.

»Nein.«

Das leise ausgesprochene Wort sorgte dafür, dass er von der Couch aufstand und sich in Bewegung setzte, bevor ein Wimmern folgte.

Er hatte es vor das Schlafzimmer geschafft, als Annie schrie.

Er vergaß alle Vorsicht, sprang zur Tür und stürmte in den Raum.

KAPITEL NEUNZEHN

»Ich habe dich gefunden.« Joel lächelte Annique hämisch an und das hässliche Grinsen auf seinen Lippen passte gut zu dem dunklen Leuchten seiner Augen.

»Aber wie?« Sie war so weit weggezogen. Hatte gedacht, er würde sie nicht finden können.

»Du kannst dich nicht vor mir verstecken.«

Aber sie hatte es immer wieder versucht. Mittlerweile war sie aus zwei verschiedenen Städten geflohen. Sie war wegen seiner Drohungen geflohen.

Und allein beim Anblick weißer Rosen wurde ihr ganz schlecht.

»Verschwinde.«

»Dumme Qiqi.« Er nannte sie bei dem Spitznamen, den Jazzy ihr gegeben hatte, doch aus seinem Mund hörte er sich irgendwie falsch an. Schlecht.

»Wir sind noch nicht miteinander fertig.«

»Doch, das sind wir.«

»Und genau da liegst du falsch.« Er zog die Hände hervor,

die er hinter seinem Rücken versteckt hatte. Ihr stockte der Atem. »Was machst du da?« Das war eine dumme Frage, da sie die Waffe, mit der er auf ihre Brust zielte, klar sehen konnte. Die Waffe, die von einem Mann gehalten wurde, mit dem sie einst geschlafen hatte. Einem Mann, von dem sie fälschlicherweise geglaubt hatte, ihn zu lieben. »Was ich mache?« Er wedelte mit der Waffe. »Bist du wirklich so dumm? Ich bereite mich darauf vor, dich umzubringen.«

»Aber warum? Warum willst du mich immer weiter terrorisieren?« Warum verfolgte er sie und versetzte sie in Angst und Schrecken? »Wir haben uns getrennt. So was passiert. Du kannst mir nicht erzählen, dass du mich geliebt hast.« Joel hatte seine Absichten bezüglich Annique ziemlich klargemacht, als sie ihn mit einer anderen Frau im Bett erwischt hatte.

»Liebe.« Er lachte verächtlich. »Hast du wirklich geglaubt, ich könnte mich in eine alte Schachtel wie dich verlieben?«

Das tat weh. Sie war nur fünf Jahre älter als er.

»Aber wenn du mich nie geliebt hast, warum machst du das denn jetzt? Warum warst du dann überhaupt mit mir zusammen?« Denn sie selbst hatte eigentlich nie recht verstanden, warum dieser jüngere Mann, gut aussehend und reich, sie wollte. Sie hatten nichts gemeinsam. Ein Teil von ihr wusste es besser, als eine Beziehung mit ihm einzugehen. Aber er hatte ihr ausdauernd und feurig den Hof gemacht. Hatte dafür gesorgt, dass sie sich begehrenswert fühlte. Und zum Schluss hatte sie einfach ihre Hormone die Entscheidung treffen lassen.

»Ich hatte meine Gründe. Du hast deinen Zweck

erfüllt. Und jetzt kommt das große Finale.« Der Lauf der Waffe war still und sie konnte nicht umhin zu flehen.

»Nein«, wimmerte sie. »Bitte nicht.«

Doch sein Blick war gnadenlos und so schloss sie die Augen, damit sie ihren Tod nicht in seiner Miene sehen musste. Sie kniff sie fest zu und schrie, als ein Schuss abgefeuert wurde.

Dann kreischte sie noch mal, als sie all das Blut sah ...

So unglaublich viel Blut.

»Wach auf, Süße. Es war nur ein Albtraum, Annie.«

Sie schlug um sich und stöhnte. »Nein.«

Der Traum, der sie schon seit so langer Zeit terrorisierte, wollte sich einfach nicht verflüchtigen.

Ein warmer Körper schmiegte sich an sie und eine leise, raue Stimme beruhigte sie. »Alles ist gut, Süße. Der Traum kann dir nicht wehtun. Niemand kann dir wehtun.« Joel schon, und er würde es auch tun.

Eigentlich konnten die Toten den Lebenden kein Leid zufügen. Und trotzdem taten sie es.

Tränen hingen in ihren Wimpern, als sie die Augen öffnete. »Es tut mir leid.«

Sie bekam einen Schluckauf, als sie feststellte, dass ihre Albträume Reaper geweckt hatten.

»Was sollte dir leidtun? Dass du mir einen Grund gegeben hast, dich in den Arm zu nehmen?« Und er hielt sie fest, legte seine muskulösen Arme um sie und presste seinen Körper gegen ihren Rücken, hielt sie an sich gedrückt und geborgen.

»Ich wollte dich nicht wecken.«

»Ich habe noch nicht geschlafen.«

Das erinnerte sie daran, dass sie in seinem Bett schlief.

Dass sie ihren Albtraum in seine Wohnung gebracht hatte. Ihretwegen befand er sich jetzt in Gefahr. *Ich bin so egoistisch.* Die Tatsache, dass sie sich in seiner Wohnung aufhielt, brachte ihn in Gefahr. Sie würde gehen müssen. Sie versuchte, sich aus seiner Umarmung zu befreien. Aber es gelang ihr nicht.

»Lass mich los.«

Er nahm sie nur noch fester in den Arm. »Du gehst jetzt nirgendwohin, Süße.«

»Ich hätte mich niemals von dir dazu überreden lassen sollen hierherzukommen. Ich muss jetzt gehen.«

»Du kannst nicht nach Hause gehen.«

»Das ist mir auch klar. Ich wollte ja auch nicht in meine Wohnung zurückkehren. Ich muss die Stadt verlassen. Und zwar sofort.«

Er erstarrte. »Willst du mir jetzt endlich erzählen, wovor du solche Angst hast? Oder sollte ich besser fragen, vor wem? Sag mir seinen Namen und ich werde mich um ihn kümmern.«

»Du kannst mir nicht helfen.« Sie lachte bitter auf. »Niemand kann mir helfen. Eigentlich sollte er tot sein.«

»Das ist er aber offensichtlich nicht. Wer ist er?«

Sie wollte ihn belügen. Um die Schande in ihrer Vergangenheit zu verbergen. Um zu verbergen, wie schrecklich es gewesen war. Aber ein einziges Mal, verdammt, wollte sie, dass jemand die Wahrheit erfuhr, um zu verstehen, warum man eines Tages ihre Leiche finden würde.

Und außerdem, was spielte es schon für eine Rolle, wem sie es erzählte? Sie wäre sowieso bald weg. Vielleicht war sie in ihrem neuen Leben ein bisschen zu nachlässig geworden, aber sie wusste noch immer, wie man verschwand.

Annique wand sich so lange, bis sie sich umdrehen konnte, um ihn anzusehen. Ihre Gesichter waren einander so nahe und er sah sie in der Dunkelheit des Zimmers mit intensivem Blick an.

»Es ist doch immer die gleiche Geschichte.« Sie lächelte humorlos. »Obwohl es mittlerweile schon Jahre her ist, habe ich einen Ex-Freund, der mich einfach nicht loslassen kann.« Und das war untertrieben.

»Ich dachte, du hättest gesagt, er sei tot.«

Sie zuckte die Achseln und starrte seinen Oberkörper an, seinen ausgesprochen schönen Oberkörper. »Da habe ich mich wohl geirrt. Er ist zurück und spielt immer noch seine kranken Spielchen. Ich muss verschwinden, bevor du in die Sache hineingezogen wirst.«

Daraufhin musste er lächeln. »Er ist vielleicht gut darin, Frauen zu terrorisieren, aber ich bin nicht so leicht aus der Ruhe zu bringen.«

»Er ist tödlich.«

»Das bin ich auch.«

»Tödlich gut im Immobiliengeschäft zu sein ist nicht das Gleiche«, fuhr sie ihn an.

»Du wärst erstaunt, wozu ich in der Lage bin, um ein Geschäft abzuschließen«, murmelte er, legte eine Hand an ihren Hinterkopf und ließ seine Finger durch ihr Haar gleiten.

»Ich möchte nicht, dass meinetwegen jemand verletzt wird.«

»Mach dir um mich keine Sorgen, Annie. Ich kann

schon auf mich aufpassen.« Seine Stimme war jetzt kaum mehr als ein raues Flüstern. »Und auf dich auch.«

»Joel sind die Gesetze egal.«

»Mir ebenfalls.« Seine merkwürdige Bemerkung ging unter in dem Tumult in ihrem Kopf und dem Prickeln auf ihrer Haut, wo er sie berührte.

Er zog sie näher an sich und seine Lippen, umrahmt von seinem Bart, strichen über ihre.

»Ich –«

»Du«, unterbrach er sie, »musst aufhören zu reden.«

»Du kannst doch nicht –«

Aber er hatte jedes Wort auch so gemeint. Er brachte sie mit einem Kuss zum Schweigen, ließ seine Lippen über ihren Mund gleiten und raubte ihr damit nicht nur jedes Wort, sondern auch jeden klaren Gedanken.

Obwohl, nicht jeden Gedanken. Etwas blieb noch übrig. Begierde.

Sie wuchs in ihr, während er sie küsste. Brannte in ihrem Blut. Sie hielt sich an ihm fest, griff nach hinten, vergrub ihre Finger in seinem Haar und in seiner Haut und drückte ihren Mund auf seinen.

Ihre Körper waren eng aneinandergepresst; der Stoff des Hemdes, das sie trug, rieb gegen seinen nackten Oberkörper, während er seine Beine, die in einer Jogginghose steckten, um ihre nackten Beine schlang.

Das Laken löste sich nicht in Flammen auf, aber die Hitze zwischen ihnen ließ sie keuchen und schwitzen.

Körperliche Begierde hatte sie in ihrem Griff. Als er sich auf den Rücken rollte und sie mitnahm, keuchte sie, genoss aber die neue Stellung. Es erlaubte ihr, ihren

Venushügel gegen seinen Ständer zu reiben, dem Beweis, wie sehr er sie begehrte.

Die Reibung war wunderbar. Aufreizend.

Seine Hände umschlossen ihren Hintern, während sie einander weiter küssten, sich aneinander rieben, teilweise bekleidet, aber sie war noch nie so erregt gewesen.

So bereit zu –

Das schrille Klingeln eines Telefons erschreckte sie beide.

Sie zog sich zurück, die Realität störte ihr Vergnügen und ihre geschwollenen Lippen vermissten ihn schon jetzt.

Das Telefon klingelte weiter und es war unmöglich, es zu ignorieren.

Er fluchte, als sie von ihm runterkletterte. »Das ist wirklich das schlechteste Timing aller Zeiten.«

Meinte er nicht das perfekte Timing? Sie hatte fast Sex mit ihm gehabt. Hätte ihn noch immer gern. Würde ihn vielleicht noch haben, wenn man bedachte, wie sehr ihr Körper nach seiner Berührung verlangte.

Aber das Telefon klingelte schrill weiter und er rollte aus dem Bett. Montgomery stolzierte davon, sein Oberkörper nackt und atemberaubend, auch von hinten. Breit, muskulös, sein Oberkörper, der sich zum Bund seiner Jogginghose verjüngte, die tief an seinen Hüften hing.

Das Telefon stoppte sein hartnäckiges Klingeln und obwohl es in seiner Wohnung so still war, konnte sie das Murmeln seiner Stimme am Telefon nicht hören.

Sie rollte zur gegenüberliegenden Seite des Bettes, packte ihr Handy, das auf dem Nachttisch am Ladekabel hing, und überprüfte es.

Keine Nachrichten. Nicht eine einzige.

Was bedeutete das? Vielleicht hatte er ihre Nummer noch nicht herausgefunden. Aber wie hatte er ihre Adresse in Erfahrung bringen können, ohne darauf zu stoßen?

Der Stress war der schlimmste Teil. *Hör auf, mit mir zu spielen, und bring es hinter dich.*

Es zu beenden würde allerdings bedeuten, dass jemand stirbt. Wahrscheinlich sie, weil sie ja beim letzten Mal offensichtlich versagt hatte.

Sie seufzte. Und nun?

Was meinst du damit, und nun? Du weißt, was zu tun ist. Was passieren muss.

Als Montgomery zurückkam, war sie voll bekleidet und wollte gleich gehen.

Er stand in der Türöffnung, lehnte sich sogar hinein und blockierte den Ausgang.

»Wo willst du denn hin, Annie?«

»Geh mir aus dem Weg.« Sie ging auf ihn zu, entschlossen, sich nicht umstimmen zu lassen. Der Mann trug einen Anzug zur Arbeit und hatte keine Ahnung, auf was er sich da einließ.

Oder mit wem.

Er bewegte sich nicht, selbst als sie versuchte, ihn aus dem Weg zu schubsen.

Die Wut – und die Frustration und Angst – bahnten sich jetzt ihren Weg nach draußen. Sie schlug auf seine stahlharte Brust ein. »Geh mir aus dem Weg, verdammt. Warum lässt du mich nicht gehen?«

»Weil du in Schwierigkeiten steckst und ich dich nicht allein lassen kann.«

»Ich dachte, du bist kein Held.«

»Bin ich auch nicht, aber ich kann es auch nicht einfach zulassen. Hör also auf, mich zu bekämpfen.«

»Sonst was? Du kannst mich ja nicht hier einsperren. Was willst du also tun? Mich ans Bett fesseln?«

Seine Mundwinkel zuckten. »Das könnte einige interessante Möglichkeiten bieten.«

»Du kannst mir nicht helfen. Niemand kann das.«

»Und du schlägst auch nicht vor, die Polizei zu rufen.«

Sie lachte verächtlich. »Weil die nichts tun kann. Mir bleibt nichts weiter übrig, als zu verschwinden. Und bevor du mir sagst, dass ich das nicht tun könnte, erkläre ich dir, dass ich das sehr wohl kann. Ich habe es zuvor auch schon geschafft.«

»Und er hat dich gefunden.«

»Also werde ich dieses Mal vorsichtiger sein.«

»Bis er dich wieder findet?« Er zog eine Augenbraue hoch. »Das ist keine Lösung, Annie.«

»Und was schlägst du dann vor?«

Seine Mundwinkel zuckten erneut. »Wie wäre es mit Skifahren?«

Als sie ihm sagte, sie hätte nichts anzuziehen, schreckte ihn das nicht ab.

Tatsächlich war es so, dass all die Vorwände, die sie anbrachte, ihn nicht umstimmen konnten. Nicht einmal die Tatsache, dass es drei Uhr morgens war.

Der Mann wollte einfach kein Nein akzeptieren. Er tat einfach so, als existierte das Wort gar nicht, und das war auch der Grund dafür, dass sie schon im Morgengrauen im Auto saßen und nach Norden zu irgendeinem Resort fuhren.

Gemeinsam.

Er hatte es verdient, dass sie ihm auf die Schulter sabberte, als sie für den größten Teil der Strecke an ihn gelehnt geschlafen hatte.

Als sie auf dem letzten Teilstück aufwachte, ignorierte sie ihn absichtlich und beantwortete stattdessen einige E-Mails ihrer Angestellten. Es war der Tag vor Heiligabend.

Die letzten hektischen Verabredungen wurden noch getroffen, aber sie war Hunderte von Kilometern von ihrem Büro entfernt.

Und merkwürdig zufrieden. Und das alles nur wegen dem Mann, der neben ihr saß.

Trotz all ihrer Bemühungen, ihm fernzubleiben, waren sie einander nähergekommen. Es gab keinen Zweifel mehr daran. Sie mochte zwar versucht haben, ihn auf Abstand zu halten, doch es war ihm gelungen, ihre Mauern zu durchbrechen.

Ein Teil von ihr fühlte sich geschmeichelt, dass er sich mit ihr eingelassen hatte, nachdem er so viele andere Frauen hatte abblitzen lassen.

Allerdings machte es ihr auch Angst. Ein Mann, der so stark, so entschlossen war … Wozu wäre er in der Lage, wenn er nicht das bekam, was er wollte? Und wie sehr konnte er ihr wehtun?

»Du hast schon wieder diesen Ausdruck auf dem Gesicht«, murmelte er.

»Welchen Ausdruck?«

»Der, der mir sagt, dass du diskutieren möchtest. Nur zu, mein Schatz. Ich bin bereit.«

»Ich will doch gar nicht immer diskutieren.«

»Sagt die Frau, die schon wieder diskutiert.«

»Du bist ein Esel.«

»Redet man so mit einem Mann, der einen zu einem romantischen Wochenende entführt?«

»Es ist weniger romantisch, wenn man tatsächlich praktisch entführt wird.«

»Die Anzahl an Büchern, in denen Piraten Frauen entführen, straft deine Worte Lügen.«

Ihre Mundwinkel zuckten. »Hast du auf alles eine Antwort?«

»Ja.«

»Es muss hart sein, immer recht zu haben.«

»Allerdings.«

Seine selbstsichere Arroganz hätte sie eigentlich nerven müssen. Stattdessen weckte es die weibliche Seite an ihr, die Seite, der es gefiel, sich zurückzulehnen und dem Mann alles zu überlassen.

Wurde sie dadurch schwach? Kein bisschen. Es war einfach nur schön, dass zur Abwechslung mal jemand anderes die Entscheidungen traf.

Hoffentlich würden sie deswegen nicht beide getötet werden.

»Wohin fahren wir eigentlich?«

»Wenn ich dir das sage, würde es die Überraschung verderben. Du wirst schon sehen.«

Was sie sah, war eine verlassene Straße, auf der es fast keinen Verkehr gab, und Schnee. Eine unglaubliche Menge an Schnee, der den Boden bedeckte, auf den Bäumen lag und in hohen Wellen zu beiden Seiten die Straße einrahmte.

Was sie nicht sah, waren Anzeichen dafür, dass sie verfolgt wurden. Sie waren so weit von der Zivilisation entfernt, dass ihr Handy nicht mal ein Signal hatte.

Jetzt kann mich keiner mehr finden.

Jetzt musste sie sich nur noch klar darüber werden, ob das etwas Gutes oder Schlechtes war.

Und was war mit der Tatsache, dass er nur ein Zimmer für sie beide gebucht hatte?

Das war schlecht. Ausgesprochen schlecht. Sie wusste nämlich nicht, ob sie die Hände von ihm lassen konnte.

Und das wollte sie auch gar nicht.

KAPITEL ZWANZIG

Das Chalet, zu dem er Annie mitnahm, bestand aus einem ziemlich großen Gebäude mit insgesamt drei Stockwerken. Das Erdgeschoss war den Serviceeinrichtungen gewidmet – Wellness-Einrichtungen, Restaurants, Lounge und sogar ein kleines Fitnessstudio. Im ersten und zweiten Stock befanden sich luxuriöse Gästezimmer.

Von außen standen die gebeizten Holzstämme in scharfem Kontrast zur verschneiten Kulisse. Die Fenster, deren Scheiben gegen die Kälte Doppelverglasung hatten, überblickten die Landschaft. Jeder konnte zusehen, wie er die Koffer aus dem Kofferraum seines Autos lud.

Annie hatte den Kopf geschüttelt und geseufzt, als die Kleidung noch am selben Tag in seiner Wohnung angekommen war. In ihrer Größe. Gefaltet und verpackt, bereit zum Mitnehmen.

Als sie fragte, wie ihm das gelungen war, hatte er gezwinkert – ja, er hatte wieder gezwinkert – und geflüstert: »Magie.« Die Macht einer Kreditkarte und Freunde, die wussten, wie man Dinge erledigte, sogar Kleidung für eine Reise in die verschneiten Berge kaufte.

Als er dem Parkservice seinen Wagen übergab und der Page ihr Gepäck hineinbrachte, nahm er sich einen Moment Zeit, um die Fenster zu inspizieren und sich zu fragen, ob jemand im Inneren sie beobachtete.

Ist meine Zielperson hier?

Ein anonymer Hinweis behauptete, dass sie es war.

Wenn das stimmte, was zum Teufel hatte er sich dann dabei gedacht, Annie mitzunehmen?

Ich hatte keine Wahl. Sie war in Gefahr, wenn sie allein war. Und wenn er sie nicht im Auge behielt, würde sie fliehen.

Es war das Beste, sie in seiner Nähe zu behalten.

Du hättest Harry bitten können, sie an einem sicheren Ort unterzubringen.

Hätte er tun können, hat es aber nicht getan. Er wollte nicht, dass jemand anderes sie beschützte.

Und wenn das Arschloch, das sie terrorisierte, sie hier aufspürte, würden sie seine Leiche erst im Frühling finden, wenn der Schnee geschmolzen war.

Wenn überhaupt.

»Wieso lächelst du?«, wollte sie wissen.

Er sah sie noch immer lächelnd an. »Kann ein Mann sich nicht darüber freuen, ein paar Tage mit einer wunderschönen Frau zu verbringen?«

Ihre Wangen röteten sich und es hatte nichts mit der kalten Luft zu tun. »Es ist nicht mehr nötig, mir zu schmeicheln. Ich bin doch schon mit dir hier.«

»Ich schmeichle dir nicht.« Das konnte sie vergessen.

»Ich sage nur, wie es ist. Und jetzt komm. Gehen wir hinein.«

Im Inneren gab es einen knisternden Kamin und ein paar Leute in Rollkragenpullover und Wollpullis, die sie neugierig anstarrten, als sie hineinkamen, gefolgt von einem Stoß kalter Luft.

Beim Einchecken inspizierte Reaper unauffällig alle Leute im Eingangsbereich. Befand sich unter ihnen die Frau, die er suchte? Und was Annies Verfolger betraf, so konnte er es nicht wissen. Das Einzige, was er aus ihr herausbekommen hatte, war ein genuscheltes: »Er ist ein verdammt großes Arschloch, wenn du ihn siehst, wirst du ihn erkennen. Er ist derjenige, der mich fertigmacht.«

Nicht mit meiner Faust im Mund.

Annie sagte nichts, als sie herausfand, dass sie sich ein Zimmer teilen würden. Die sexuelle Spannung zwischen ihnen war mittlerweile so dicht, dass man sie hätte mit dem Messer schneiden können.

Sie zuckte nicht vor seiner Berührung zurück und ihm war mehr als einmal aufgefallen, dass sie ihn anstarrte, und wenn er sie dabei erwischte, errötete sie.

Bald, mein Schatz. Bald gehörst du mir.

Das Zimmer, das ihnen zugeteilt worden war, war groß, aber das Bett beanspruchte immer noch eine beeindruckende Menge Platz, ebenso wie der Kamin mit – oh, ja – dem Kunstpelzteppich davor. Nicht echt. In der Broschüre stand das im Kleingedruckten.

Er konnte ihre Nervosität fast spüren, als sie eintraten.

Ein netterer Mann hätte anbieten können, in Erfahrung zu bringen, ob ein anderes Zimmer zur Verfügung stand, um ihr etwas Freiraum zu geben.

Ich bin kein netter Mann.

Er konnte behaupten, dass er es tat, um sie zu beschützen. Dass er sie nicht wirklich beschützen konnte, wenn sie woanders schlief. Die Wahrheit war, dass er sie bei sich haben wollte. Hier. In diesem Raum. In diesem Bett.

Nackt in seinen Armen.

Ziele.

Sie legte ihre Jacke ab und hängte sie an einen Haken an der Wand, die Gummimatte darunter sollte alle Tropfen aus der Oberbekleidung auffangen. Ihre Stiefel folgten und sie sagte nichts, als er es ihr nachtat.

Nachdem sie sich ihrer Winterkleidung entledigt hatten, beobachtete Reaper, wie sie durch den Raum schlenderte, wobei sie für einen Moment innehielt, um ihre Hände zu den Flammen auszustrecken.

»Also, äh –«

Da ihm klar war, dass sie nur wieder anfangen würde zu diskutieren – er hatte nämlich bemerkt, dass sie das tat, wenn sie nervös war –, nahm er sie in die Arme und küsste sie. Es war nicht gerade ein großes Opfer, besonders wenn man bedachte, dass er sie schon seit Stunden küssen wollte.

Zum Beispiel, als sie sich in seiner Wohnung darüber beschwert hatte, dass sie nicht mit ihm wegfahren wollte.

Als sie im Auto eingeschlafen war und ihm auf die Schulter gesabbert hatte.

Und jetzt, da sie allein waren, hielt er sich nicht länger zurück. Er drückte seinen Mund auf ihren und obwohl sie beim ersten Kontakt gekeucht hatte, erwiderte sie seinen Kuss.

Sie küsste ihn und hielt ihn fest. Wenn sie doch nur weniger anhätten.

Er löste sich von ihr, um sich um das Problem zu kümmern, was bedeutete, dass sie durchatmen konnte.

»Sollten wir nicht –«

»Nein.«

»Aber –«

Erneut verschlang er ihren Mund in einem wilden Kuss und begann, an ihrer Kleidung zu zerren. Er zog ihr den Pullover über den Kopf. Ließ ihre Hose zu Boden gleiten, sodass sie einfach hinaustreten konnte.

Und als würde die Tatsache, dass er sie auszog, wie ein Katalysator wirken, begann auch sie, ihn auszuziehen, und mit den Händen berührte und streichelte sie ihn überall, während sie ihn all seiner Kleidung mit Ausnahme der Socken entledigte.

Sie standen sich nur mit Strümpfen bekleidet gegenüber und sie musste kichern, als sie auf ihrer beider Füße hinab starrte.

»Sollten wir die auch noch ausziehen?«

»Ich würde sagen, wir sorgen dafür, dass unsere Zehen warm bleiben, und lassen sie an.« Er zwinkerte ihr zu und sie lachte. In diesem Moment sah sie umwerfend aus.

Sie war nackt und stolz und versteckte ihren Körper nicht. Sie hatte schwere Brüste mit dunklen Brustwarzen, eine schmale Taille und breite Hüften. Mit ihren hübsch gerundeten Oberschenkeln war sie zu hundert Prozent Frau.

Während er sie ansah, starrte sie ihn an. Sie streckte eine Hand aus, um mit dem Finger eine seiner Narben auf seinem Oberkörper nachzufahren.

»Was war das? Ein Herzinfarkt?«

»Nicht ganz, ein Arbeitsunfall.«

»Ich wusste gar nicht, dass es so gefährlich ist, Immobilienmakler zu sein.«

»Wenn du wüsstest«, murmelte er. »Und was ist das?«

Er bemerkte die weiße Linie einer Narbe auf ihrer Brust. Doch sicher keine …

»Messerwunde.«

Er fragte nicht, wer sie ihr verpasst hatte, zog sie einfach nur an sich und vergrub seine Finger in ihrem Haar, um die Haarnadeln zu lösen, sodass ihre dunklen Strähnen ihr über die Schultern fielen.

»Du bist so unglaublich schön«, knurrte er.

»Du bist auch nicht schlecht«, antwortete sie mit rauer Stimme.

Seine Nasenflügel bebten, als sie das sagte. Dies war genau die Frau, die er wollte. Ungezähmt und bereit, geliebt zu werden.

Er drückte seinen Mund auf ihren, atmete ihren Duft ein, hinterließ seinen Abdruck auf ihren Lippen.

Etwas in ihr explodierte. Oder vielleicht war es auch einfach nur ihre letzte Mauer, die nun von ihrer Begierde niedergerissen worden war. Was auch immer es war, sie küsste ihn leidenschaftlich. Sie schlängelte ihre Zunge um seine, kostete und genoss ihn. Sie saugte sogar daran, plötzlich ganz die verwegene Verführerin.

Mit dem Körper strich sie gegen seinen und entzündete jedes einzelne Nervenende, das er besaß. Plus ein paar extra. Die Hitze, die von ihr ausging, verbrannte seine Haut.

Mit ihren Händen klammerte sie sich an seine Schultern, während er über die Haut ihres Rückens streichelte, ihren Körper erforschte und seine Hände tief genug hinabgleiten ließ, um ihren süßen Hintern zu umschließen.

Er drehte sie so, dass sie an ihm lehnte, und wanderte mit dem Mund über ihren Hals bis zum Ohrläppchen. Er leckte es und sie seufzte, ihr Kopf fiel zurück und gab ihm besseren Zugang. Als er an ihrem zarten Fleisch saugte, umschloss er mit seinen Händen ihre runden Brüste und knetete sie in seinen Handflächen. Drückte sie zusammen. Er rollte mit seinen schwieligen Daumen über ihre Brustwarzen.

Sie erschauderte.

Und nicht, weil ihr kalt war. Die Flammen, die im Kamin tanzten, hielten den Raum warm. Aber das Verlangen ließ sie erbeben und er hielt sie an seinem Körper fest, der Hautkontakt war aufregend und sie hatten gerade erst begonnen.

Er ließ seine Hand über ihren Bauch rutschen, um ihren Venushügel zu umschließen, und die Hitze, die von ihr ausging, war schier unerträglich. Sie stöhnte, als sie sich an seiner Handfläche rieb und nach mehr verlangte.

Es kommt noch mehr, meine Süße.

Sie wirbelte herum und griff nach ihm, ihre Hand passte kaum um seinen geschwollenen Schwanz.

»Wunderschön«, murmelte sie.

Er konnte nicht anders als vor Stolz anzuschwellen, als sie es sagte.

Dann stöhnte er, als sie ihre Hand an seinem Schwanz entlang auf- und abgleiten ließ. Während sie mit seinem Schwanz spielte, kniff er sie mit den Fingern in die Brustwarzen, rollte und drehte sie, während er die Hüften zum Takt ihrer Hände bewegte.

»Verdammt, Annie, wenn du so weitermachst, werde ich kommen.«

Und hörte sie auf?

Nein.

Sie murmelte nur heiser: »Soll ich auf die Knie gehen?«

Fast hätte er Ja gesagt.

Aber er hatte so lange auf diesen Moment gewartet, dass es sich wie eine Ewigkeit angefühlt hatte.

Der Teppich bot eine weiche Polsterung für ihren Körper, als er sie darauflegte. Die Flammen knisterten im Kamin, das orangefarbene Licht tanzte über ihre nackte Haut.

Er hätte sie für immer anstarren können; sie sah so perfekt aus. Ihre Haut vor Begierde gerötet, ihre Augenlider schwer, ihre Lippen leicht geöffnet und einladend. Und er musste innehalten, um ein Kondom aus der Hose zu holen, die er ausgezogen hatte.

Er griff nach dem Päckchen, kam wieder zu ihr, schmiegte seinen schweren Körper zwischen ihre Oberschenkel und legte die Hände zwischen ihre Schenkel.

Sie rieb sich an ihm, zog ihn für einen weiteren Kuss herunter und ließ ihre Finger durch sein Haar gleiten. Zog daran. Heftig.

»Jetzt«, befahl sie ihm knurrend.

»Warte kurz«, murmelte er, während er mit dem Kondom hantierte.

Sie machte es ihm nicht leicht. Als er versuchte, es auf seinen dicken Schwanz zu rollen, klammerte sie sich an ihn und leckte und saugte an seinem Hals. Biss ihn sogar.

Was für eine wilde und ungezogene Verführerin seine Annie war.

Schließlich hatte er das Kondom übergestreift und war bereit.

Er rieb den Kopf seines Schwanzes gegen ihre Muschi. Sie öffnete die Beine, um ihm besseren Zugang zu ermöglichen. Er stieß in sie hinein, dehnte die Wände ihrer Muschi aus und spürte den festen Griff um seinen Schwanz. Ihre Lippen trafen sich zu einem erhitzten Kuss, als er tiefer in sie stieß. Fühlte, wie sie sich fest zusammenzog.

Als er noch tiefer in sie eindrang, grub sie ihre Fingernägel in seinen Rücken, der kleine Stich verstärkte seine Lust nur noch. Sie wölbte sich unter ihm und zog ihn bis zum Anschlag in sich hinein, ihr Atem stockte, ihre Haut war heiß und feucht an seiner.

Sein Verlangen wurde unerträglich und er hatte das Bedürfnis, in diese Frau zu stoßen und sie als sein Eigentum zu markieren. Das Bedürfnis, sie schreien zu hören, wenn sie kam. Nur für ihn kam.

Mit den Hüften kreiste er gegen sie, trieb seinen Schwanz tiefer in ihre feuchte Spalte, bis er eine Stelle erreichte, die sie dazu brachte, vor Lust zu keuchen.

Die Geräusche, die sie machte? Verflucht unglaublich.

Als ihr Körper starr wurde, erwartete er pulsierende Wellen der Lust. Er hätte nie geahnt, wie wunderbar es sich anfühlen würde, als sie seinen Namen sagte: »Reaper. Mein Charming Reaper.«

Sein Name auf ihren Lippen. Sein richtiger Name. Es brachte ihn dazu, die Selbstbeherrschung zu verlieren, und er stieß hart und schnell in sie, zögerte die Wellen ihres

Orgasmus heraus und verschaffte ihr sogar mit einem stillen Schrei einen zweiten Höhepunkt, bevor er sich schließlich gehen ließ.

Er brach auf ihr zusammen. Heiß. Verschwitzt. Befriedigt.

Glücklich.

So verdammt glücklich.

Es könnte sein, dass er wie ein Idiot lächelte, als sie vorschlug zu duschen – gemeinsam. Er sah den Pagen jedenfalls böse an, als der versuchte, einen Blick über seine Schulter zu werfen, nachdem Reaper etwas zu essen bestellt hatte.

Als er am nächsten Morgen aufwachte, grinste er definitiv, da sie genauso wunderschön aussah wie immer.

An ihr war alles echt. Und er bedauerte nichts.

Annie war diejenige, die sich auf ihn rollte, um ihm einen guten Morgen zu wünschen. Sie schrie seinen Namen, als sie auf seinem Schwanz kam.

Und Reaper fühlte sich großartig, bis sie sagte: »Lass uns nach dem Frühstück Skifahren gehen.«

KAPITEL EINUNDZWANZIG

Der Arme. Reaper sah so aus, als würde er sich auf Skiern ganz und gar nicht wohlfühlen, den Körper – diesen sexy Körper, muskulös und voller Narben – in einen Skianzug gehüllt.

Annique hingegen fühlte sich ziemlich wohl. Es war zwar mehrere Jahre her, dass sie Skifahren war, ein ganzes Jahrzehnt, um ehrlich zu sein, aber es war so ähnlich wie Fahrradfahren, man verlernt es nicht.

»Bist du dir sicher, dass du nicht noch ein wenig mehr auf dem Idiotenhügel üben willst?«, fragte sie. Schon wieder.

»Der ist für Idioten.« Er sagte es mit Verachtung in der Stimme.

Sie versuchte, ein Lächeln zu verbergen. »Er ist für Anfänger.«

»Ich werde mich schon durchbeißen. Ich gehe dahin, wohin du gehst.«

Da er so hartnäckig darauf bestand, sie zu begleiten, suchte sie sich eine mittelschwere Piste aus, um es ihm leichter zu machen. Oben auf der Piste betrachtete sie die verschneite Landschaft.

Der Ort, an den sie gekommen waren, lag zwischen den Bergen eingebettet. Nadelbäume hatten ihre Kiefernzweige schwer mit weißem Schnee beladen. Andere Bäume, deren Äste kahl waren, stachen im starken Kontrast unter ihnen hervor, aber nicht am Hang. Die geräumte Piste lockte, weiß und verführerisch, noch frisch präpariert und frei von Skifahrern.

Die Sonne schien hell über ihnen, was dazu führte, dass der weiße Schnee sie blendete. Ihre getönte Brille schützte ihre Augen und Lippenbalsam ihre Lippen. Ein Lächeln erwärmte ihr Herz.

Die letzte Nacht war unglaublich gewesen. Besser als erstaunlich.

Im Alter von über vierzig Jahren war Annique schon mit einigen Männern zusammen gewesen. Aber Reaper, wie sie ihn jetzt nannte – weil Montgomery einfach zu distanziert und Charming zu albern war –, gab ihr das Gefühl ...

Eine Frau zu sein. Ein Klischee, aber wahr. Sie war sich ihres Körpers noch nie so bewusst gewesen. Hatte noch nie zuvor so viel Spaß im Bett gehabt.

Er musste ihr einen Teil dessen, was sie dachte, am Gesicht ablesen können, denn er knurrte: »Wir hätten im Bett bleiben sollen.«

»Dazu haben wir immer noch genügend Zeit, wenn es dunkel ist.« Und um diese Jahreszeit wurde es sehr früh dunkel. Da heute Heiligabend war, konnten sie von Glück reden, wenn es bis vier Uhr nachmittags hell blieb. Da die Skisaison auch schon ohne die verkürzten Tageszeiten kurz genug war, verfügten die meisten Pisten über Flutlicht.

Zumindest an den meisten Tagen. Doch da es sich um einen Feiertag handelte, standen überall Schilder, dass die Pisten um fünf Uhr schließen und erst wieder am sechsundzwanzigsten geöffnet werden würden.

Oh nein, wie sollen wir die Zeit nur rumkriegen? Es machte ihr nichts aus, im Resort bleiben zu müssen. Sie dürfte Weihnachten mit Reaper verbringen.

Wenn sie doch nur ein Geschenk hätte.

Ich weiß schon, was ich ihm schenken kann. Sie leckte sich die Lippen und er stöhnte.

»Jetzt will ich wirklich am liebsten in unser Zimmer zurückkehren.«

»Dann fang mich und vielleicht erfüllt sich dein Wunsch.«

Wie unartig von ihr, sich abzustoßen und den Hang hinunterzufahren, aber wenn sie ihn noch länger anstarrte, könnte es sein, dass sie sich einfach auf ihn stürzte, sodass der Schnee rundum geschmolzen wäre. Er hatte die irrsinnige Fähigkeit, sie zum Glühen zu bringen.

Die frische Luft strömte über ihre Wangen und brannte in ihrer Lunge, ein angenehmes Brennen durch frische, saubere Luft.

Sie spürte die Gestalt eher, die neben ihr her schoss, als dass sie sie sah. Sie war nicht überrascht festzustellen, dass es sich um ihren Liebsten handelte, der versuchte, sie einzuholen und als Erster unten anzukommen. Er war viel zu schnell und fuhr keine Kurven um die Buckel auf der Piste.

Er hob vom Boden ab und für einen Moment dachte

sie, er könnte es tatsächlich schaffen, auf seinen Füßen zu landen.

Bis er seine Skier überkreuzte.

Er landete unsanft mit dem Gesicht zuerst im Schnee.

Sie hielt neben ihm an und hockte sich hin. »Reaper? Alles in Ordnung?«

Er stöhnte und ließ sich auf den Rücken fallen. »Nein.«

»Wo hast du Schmerzen?« Sie ließ die Skistöcke sinken, um ihn abzutasten.

»Tiefer«, stöhnte er.

»Ist es dein Bein?«

»Nicht ganz, aber nahe dran.«

Als ihr seine Anspielung klar wurde, schlug sie ihn auf den Arm. »Du Idiot. Ich dachte, du hättest dir wehgetan.«

Er schob sich die Brille vom Gesicht und seine blauen Augen funkelten vor Vergnügen. »Habe ich auch. Du musst einen Kuss darauf geben, damit es besser wird.«

»Wohl eher nicht. Das sollte dir eine Lehre sein, auf der Piste keinen Blödsinn zu machen.«

»Du bist eine grausame Frau, Annie. Komm mal her.«

Bevor sie protestieren konnte, hatte er sie auf sich hinabgezogen. Sie küssten sich heftig und sofort stand sie in Flammen. Sie seufzte an seinen Lippen.

»Vielleicht sollten wir tatsächlich ins Zimmer zurückkehren«, stellte sie fest.

»Später. Jetzt muss ich erst mal meinen Stolz wiederherstellen. Sollen wir weiterfahren?«

Und das taten sie. Immer wieder fuhren sie die Pisten hinab und kuschelten im Sessellift. Sie achteten nicht auf den fallenden Schnee. Lachten, wenn eine Schneewehe ihnen ins Gesicht wehte.

Zum Mittagessen hatten sie warme Sandwiches und Suppe, die ihnen genug Energie gaben, am Nachmittag eine zweite Runde einzulegen, diesmal auf einer schwierigeren Piste.

»Bist du sicher?«, fragte sie, als sie sah, wie steil diese war und dass es schon langsam dunkel wurde. Da es leicht schneite, wurde es sogar noch schneller dunkel, und der Typ, der den Lift bediente, hatte sie schon gewarnt, dass das ihre letzte Auffahrt sei.

»Und ob ich mir sicher bin. Ich glaube, ich habe jetzt verstanden, wie es geht.«

Sie konnte nicht leugnen, dass er das Konzept ziemlich schnell begriffen hatte. Da er ohnehin der athletische Typ war, handelte es sich beim Skifahren nur um einen weiteren Sport.

Sie setzte ihre Skibrille auf, obwohl die Sonne nicht mehr blendete. Allerdings würde sie trotzdem die kalte Luft und den Schnee aus ihren Augen fernhalten.

Ehrlich gesagt konnte sie es kaum erwarten, unten anzukommen. Nachdem sie den ganzen Tag skigelaufen waren, wollte sie endlich den Whirlpool in ihrem Zimmer ausprobieren – darin war genügend Platz für zwei.

»Ich finde, wir sollten was vom Zimmerservice bestellen«, stellte sie fest, als sie sich zur Abfahrt bereit machte. »Mit ganz vielen Sachen, die man auch kalt essen kann.«

»Oh, du willst wohl nicht in den Speisesaal?«

»Ich dachte, wir bleiben heute Abend lieber auf dem Zimmer. Und morgen auch.« Mit diesem Anreiz drückte sie sich ab und duckte sich, um ihren Windwiderstand zu reduzieren, ließ ihren Körper mit der Form des Hügels fließen, ein Pfeil in einem leuchtend blauen Schneeanzug, der auf ein warmes Feuer zusteuerte, ein heißes Getränk und heißen Sex.

Der Schnee fiel nun stärker, sodass es düster wurde, aber sie zielte auf die Lichter am Ende der Piste.

Sie schaute nicht hinter sich und nahm an, dass Reaper in der Nähe war. Der Mann erwies sich als aufmerksamer Begleiter und sie fühlte sich bei ihm sicher. Er starrte jeden an, den er sah, als befürchtete er, dass ihr Stalker plötzlich erscheinen würde.

Zweifelhaft.

Sie hatte niemandem, nicht einmal ihrer Assistentin erzählt, wohin sie unterwegs war. Sie hatte sogar den Akku aus ihrem Handy entfernt, nur für alle Fälle. Es war schließlich das, was in den Filmen immer gemacht wurde.

Beim ersten scharfen Knall, der das Rauschen ihrer Skier auf dem Schnee übertönte, dachte sie sich nichts. Die Äste, die häufig unter dem Gewicht von Eis und Schnee brachen, konnten in dieser Gegend ziemlich laut sein.

Doch dann rief Reaper: »Duck dich. Jemand schießt auf uns«, und ihr wurde plötzlich klar, wie angreifbar sie auf der offenen Piste waren.

Sie erstarrte vor Furcht und ihr steifer Körper konnte sich nicht mehr so auf die Piste einlassen, wie sie es hätte tun müssen.

Zum ersten Mal an diesem Tag stürzte sie und die weiche Schneeschicht fing ihren Sturz ab und benetzte ihre Lippen.

Wusch. Ein Schneesturm wirbelte auf, als Reaper neben ihr anhielt.

»Steh auf.« Er zog sie auf die Füße, doch sie musste

einen ihrer Schneestiefel erst wieder in die Bindung des Skis rammen.

Dann fuhr sie wieder los, und zwar schnell, weil sie eine schwarze Gestalt gesehen hatte, die sie die Piste hinab verfolgte und auf sie schoss.

Ist das Joel? Oh Gott, hatte er sie gefunden?

Ein weiterer Schuss fiel und der Schnee vor ihnen stob auf. Reaper fluchte und rief: »Hier sind wir zu ungeschützt.«

Viel zu ungeschützt und es dauerte noch viel zu lange, bis sie das Ende der Strecke erreichten und im Tal ankamen.

Trotz des Hinweisschildes, auf der Piste zu bleiben, fuhr sie in eine von Bäumen umsäumte Rutsche, höchstwahrscheinlich eine Nebenstraße für die Pistenraupen, aber es war ihr egal. Der Drang, sich zu verstecken, war zu stark.

Möglicherweise gelang es ihr, dem Angreifer zu entkommen, wenn sie sich im Unterholz versteckte. Aber was war mit Reaper? Ein kurzer Blick zurück bestätigte, dass sie allein war.

Reaper war nicht mitgekommen, als sie abgebogen war. Oder blieb er absichtlich auf der Piste, um zu versuchen, Joel abzulenken, sodass er ihm folgte statt ihr?

Wer außer ihrem Ex-Freund würde sonst noch auf sie schießen?

Sie hörte keinen lauten Schusswechsel mehr, nichts als ihre eigenen keuchenden Atemzüge und das Rauschen, als sie sich immer weiter nach unten bewegte. Jetzt gab es kein Licht mehr, dem sie folgen konnte, nur dunkler werdende Schatten und die finsteren Kanten, die ihr den

Wald zeigten, diese tückische Falle, die darauf wartete, ihr aufzulauern.

Ich hoffe, Reaper ist in Ordnung.

Er bedeutete ihr mittlerweile schon so viel. Eine echte Überraschung, wenn man bedachte, wie lange sie sich schon verschlossen hatte. Sie hatte Angst, jemanden zu lieben. Angst, es wieder zu vermasseln.

Doch er hatte es geschafft, eine Bresche in ihre Verteidigungsmauern zu schlagen, und hatte darauf bestanden, dass sie ihn zur Kenntnis nahm.

Und das hatte sie auch.

Sie hatte sich in Charming Reaper Montgomery verliebt. Total verliebt. Und jetzt könnte es sein, dass er ihretwegen ums Leben kam.

Sie duckte sich tiefer und wünschte sich mit aller Kraft, der Weg würde sie wieder in Richtung Piste führen, damit sie sehen konnte, was passierte.

Dieser Wunsch wurde nur wenige Sekunden später erfüllt, als sich der Weg verzweigte, eine winzige Rampe zwischen den Bäumen, in die sie schoss, indem sie die Skistöcke benutzte.

Sie preschte daraus hervor und die Lichter im Tal waren jetzt schon sehr nahe und einladend. Aber wo war Reaper?

Sie wagte es zurückzublicken und sah, wie sich eine Gestalt nach unten beugte, eine Gestalt, die im Schatten lag und die auf sie zugeschossen kam. Sie wimmerte und drehte sich wieder nach vorne, die Stöcke an ihrer Seite, während die Sicherheit des Chalets sie mit ihren Lichtern zu verspotten schien.

Der plötzliche Buckel im Boden erwischte sie unvorbereitet und sie hob ab. Sie verlagerte ihr Gewicht falsch; sie wusste es, noch bevor sie landete.

Sie versuchte, ihren Fehler zu korrigieren. Doch es gelang ihr nicht.

Sie schlug auf den Boden auf und landete erneut mit dem Gesicht im Schnee.

Steh auf, du Idiotin. Mach schon!

Sie kniete sich hin, ein Ski fehlte, der andere hing noch hartnäckig an ihrem Fuß. Inmitten ihrer panischen Atemzüge konnte sie jemanden hinter sich hören.

Er kam näher.

Noch näher.

Er sprach.

Sie brach in Tränen aus und bei den Worten legte sich ihre Panik schlagartig.

»Alles in Ordnung, Annie, ich bin es.«

KAPITEL ZWEIUNDZWANZIG

Reaper log. Überhaupt nichts war in Ordnung. Er hatte nicht aufgepasst und sieh nur, was geschehen war.

Jemand schoss auf sie.

Daneben.

Aber darum ging es nicht. Er hatte Annie hier in dieses Resort gebracht, weil ihm jemand diesen zwielichtigen Tipp gegeben hatte, der sich jetzt vielleicht doch als richtig erwies – und tödlich.

Oder war ihr Stalker besser, als Reaper es ihm zugestanden hatte? Er hätte schwören können, dass sie beim Verlassen der Stadt nicht verfolgt worden waren, aber in diesem Zeitalter digitaler Ortung, wer wusste das schon?

Er konnte nicht einmal sicher sein, wer sie angegriffen hatte, er wusste nur, dass sie den Hang rot mit Blut gefärbt hätten, wenn derjenige sie tatsächlich hätte töten wollen.

Aber das konnte er einer zitternden Annie natürlich nicht sagen.

Sie umarmte ihn fest, so fest, dass sie ihn mit sich in den Schnee zog.

Es machte ihm nichts aus. Die Tatsache, dass sie ihn zu Fall bringen konnte, bedeutete, dass sie am Leben war.

Fürs Erste.

Als sie allein davongefahren war, war er sich unsicher gewesen. Vor allem, da der Skifahrer, der sie angegriffen hatte, plötzlich nicht mehr da war.

Er war langsamer geworden, hatte gelauscht und befürchtet, den Knall zu hören, gefolgt von Annies Wimmern.

Als Annie weiter unten aus dem Wald herausgekommen war, hatte er unglaublich große Erleichterung gespürt.

Diese Gnadenfrist würde nicht lange dauern, wenn sie im Schnee blieben und sich als perfektes Ziel präsentierten.

Er rollte von ihr herunter und zog sie auf die Beine. »Wir müssen schnell von dieser Piste runter.« Er zog seine Pistole und sie wunderte sich nicht einmal mehr darüber, dass er eine Waffe dabeihatte, während sie ihren Ski anlegte.

Der dichte Schneefall und das schwindende Tageslicht machten es schwer, auch nur ein paar Meter weiter zu sehen. Als sie bereit war weiterzufahren, ließ er sie vorfahren und behielt seine Waffe in Reichweite. Er war noch nicht kompetent genug, um skizufahren und gleichzeitig zu zielen.

Es wäre echt blöd, Annie aus Versehen zu erschießen.

Sie wäre wahrscheinlich die erste Tote, wegen der er sich schuldig fühlen würde.

Sie schafften es ohne Zwischenfälle bis zum Fuß des Berges.

Unten angekommen zogen sie ihre Skier aus und der Teenager mit den Kopfhörern in den Ohren fragte nicht einmal nach den Schüssen. Wahrscheinlich hatte er sie gar nicht gehört.

Sie waren beide schweigsam, als sie das Chalet betraten. Annie schien wieder sehr nervös zu sein, was unter den gegebenen Umständen wohl gerechtfertigt war. Sie ließ den Blick in jede Ecke huschen und suchte nach Gefahr.

Reaper erwies sich dabei als subtiler, war aber genauso aufmerksam. Hatte ihr Angreifer den Mut, zu versuchen, hier unterzutauchen? War er der Mann am Feuer, der vorgab, auf sein Handy zu schauen? Was war mit dem Kerl an der Rezeption, der mit der Empfangsdame flirtete?

Da Annie nicht zurückschreckte, nahm er an, dass keiner von ihnen dieser Joel war, von dem sie glaubte, dass er ihr nachstellte. Könnte das bedeuten, dass es sich bei ihrem Verfolger um die Frau handelte, die es auf Reaper abgesehen hatte?

Die Frau könnte gehört haben, dass Reaper nach ihr suchte. Vielleicht wollte sie den Job beenden, den sie begonnen hatte. Wenn das aber der Fall war, warum ihn dann auf der Piste angreifen?

Es wäre viel leichter gewesen, ihn woanders zu erschießen.

Er legte die Arme um Annies Schultern, führte sie nach oben und mochte das prickelnde Gefühl zwischen seinen Schulterblättern nicht, als er sich von dem großen Raum abwandte, um die Stufen hinaufzugehen.

Sicherlich würde nur jemand, der wirklich selbstmörderisch und dreist war, ihn vor Zeugen erschießen.

Andererseits ... in dem Chaos, das darauf folgen würde, konnte man leicht entkommen.

Als sie vor ihrer Tür ankamen, überprüfte er, ob sich jemand Zugang zu ihrem Zimmer verschafft hatte. Er sperrte das Schloss auf und trat als Erster ein, die Waffe gezogen, gefasst, einen möglichen Eindringling zu erledigen.

Der Raum war sauber. Das Bett gemacht. Die Kleidung, die sie auf dem Boden verstreut hatten, hing ordentlich über der Rückseite eines Stuhls.

Annie zog ihre Schneekleidung aus und machte sich sofort auf den Weg zum Feuer. Sie streckte die Hände aus, um sie zu wärmen, während er unten anrief und ein paar Dinge arrangierte.

Er überprüfte sein Handy. Der Sturm musste sein Satellitensignal jedoch gestört haben, weil er nicht einmal E-Mails abrufen konnte. Sie waren auf sich allein gestellt.

Als das Essen ankam, schloss er ihre Tür ab und rief Annie rüber.

»Komm essen.«

»Ich habe keinen Hunger.« Sie klang so missmutig.

»Dann zieh dich aus.«

»Sex will ich aber auch nicht haben«, fuhr sie ihn an und wirbelte herum.

»Wer hat denn etwas von Sex gesagt?« Er zeigte auf den Whirlpool. »Ich denke, wir könnten ein entspannendes Bad beide gut gebrauchen.«

»Was ich brauche ist ein Flugzeug, einen Zug oder

einen Bus, mit dem ich so schnell wie möglich von hier verschwinden kann.«

»Damit löst du das Problem auch nicht, und das weißt du.« Er zog sich aus und bemerkte, dass sie jede seiner Bewegungen verfolgte.

»Und was soll ich deiner Meinung nach tun?«, entgegnete sie.

»Du solltest deine Klamotten ausziehen, bevor sie nass werden.« Er ging auf sie zu und sie kniff die Augen zusammen.

»Was machst du da?«

»Wie sieht es denn aus?«

»Du versuchst, mich zu verführen.«

»Und du machst es mir nicht gerade einfach.«

»Das ist eine ernste Sache, Reaper. Du hättest da draußen meinetwegen sterben können.«

»Warum nimmst du an, man hätte auf dich geschossen? Vielleicht war ich die Zielperson.«

Sie schnaubte verächtlich. »Weil das Leben als Immobilienmakler so gefährlich ist.«

»Was wäre, wenn ich gar kein Immobilienmakler wäre?«, fragte er und schlich sich näher an sie heran. »Was wäre, wenn ich dir sagen würde, dass ich ein bekannter Attentäter bin und Immobilien nur als Teil meiner Deckung verkaufe?«

»Ich würde sagen, dass du an Größenwahn leidest. Und ist ein bekannter Attentäter nicht ein Widerspruch in sich? Sollte ein Mörder, der ein reifes Alter erleben möchte, nicht besser unerkannt bleiben?«

»Keiner kennt meinen echten Namen.«

»Aber das ist wohl eher so, weil du dich dafür schämst.«

»Machst du dich etwa über die tollen Namen lustig, die meine Eltern mir gegeben haben?«, knurrte er in gespielter Entrüstung.

»Das tue ich.«

Er sprang auf sie zu, hob sie in seine Arme und knabberte an ihrem Hals, bis sie schrie: »Gnade.«

»Sag es.«

»Was soll ich sagen?«

»Dass ich einen tollen Namen habe.«

»Es ist wirklich ein toller Name.« Sie musste kichern.

»Gut, dass du das findest, weil ich meinen ersten Sohn nämlich Charming Reaper Montgomery den Zweiten nennen will.« Und ja, er hatte *mein Sohn* gesagt. Mit Annie konnte er es sich tatsächlich vorstellen.

»Und wer ist die Verrückte, die sich darauf einlässt?«

»Diejenige, die sich auszieht, um mit mir in den Whirlpool zu springen.«

»Ich?« Sie formte ein überraschtes O mit dem Mund.

Daraus wurde ein Kreischen, als er sie mit Kleidung und allem ins Wasser fallen ließ.

»Reaper! Ich bin noch angezogen.«

»Ich habe dir doch gesagt, du sollst dich ausziehen. Du hättest besser hören sollen«, entgegnete er, als er sich zu ihr gesellte. Als er sich ebenfalls in den Whirlpool fallen ließ, schwappte das Wasser bis über den hohen Rand.

Sie sah ihn wütend an, war aber nicht wirklich verärgert. Er sah das Lächeln, das ihre Mundwinkel umspielte.

»Soll ich dir dabei helfen, diese nassen Sachen auszuziehen?«

»Vielen Dank. Du hast mir schon genug geholfen.« Sie schlug seine Hilfe aus und begann dann langsam, sich selber auszuziehen, und es war die reinste Qual, ihr dabei zuzusehen, wie sie ihre wunderschöne Haut Stück für Stück freilegte. Sie nicht berühren zu dürfen.

Als sie endlich nackt war, wandte sie sich ihm zu und zwinkerte. »Hast du es schon mal im Whirlpool gemacht?«

KAPITEL DREIUNDZWANZIG

Sie lachte und kreischte, als Reaper nach ihr griff und sie auf seinen Schoß zog. Es war schon merkwürdig, wie er es schaffte, dass die Dinge plötzlich nicht mehr wichtig waren.

Der Angriff auf dem Berg schien ihr jetzt schon wie ein verblassender Albtraum. Sie wusste, dass sie sich früher oder später damit beschäftigen musste.

Sie würde es bald tun. Aber erst wollte sie noch eine Nacht mit Reaper verbringen. Wundervolle Erinnerungen schaffen, die sie über Wasser hielten, wenn sie gehen und neu anfangen musste.

Mit seinen rauen Händen berührte er ihren Körper, glitt über ihre feuchte Haut. Sie wand sich und der Auftrieb des Wassers machte es ihr leicht, sich auf seinem Schoß zu bewegen und sich an seiner Erektion zu reiben. Er stöhnte.

Ein tiefes Stöhnen. Und er hatte schon wieder einen stahlharten Ständer, nur ihretwegen. Es war schön, begehrt zu werden.

»Du bist wirklich ungezogen, Annie.«

»Nur wenn mich jemand dazu inspiriert.« Sie drehte sich um, um sich rittlings auf ihn zu setzen, wobei sie seinen Schwanz unter sich begrub und ihre Arme um seinen Hals legte.

»Du machst mich verrückt.«

»Du mich auch.« Sie legte den Kopf schief. »Anscheinend hattest du recht. Wir passen gut zusammen.«

Er lachte. »Vielleicht sollte ich die Leitung deiner Firma übernehmen.«

»Sodass all meine weiblichen Kunden verrückt nach dir werden?«, entgegnete sie und sah ihn verärgert an. »Kommt gar nicht infrage.«

»Höre ich da etwa Eifersucht heraus?«

Es hatte keinen Sinn, es zu leugnen oder zu versuchen, es zu verstecken. Nicht, wo ihnen nur so wenig Zeit blieb. »Ich teile eben nicht gern.«

»Genauso wenig wie ich.« Er rieb seine Nase an ihrer. »Sollen wir zusammen egoistisch sein?«

»Das kommt darauf an. Bedeutet das, dass ich es dir nicht besorgen kann?«

Er knurrte. »Das ist nicht egoistisch, wenn ich es dir mit gleicher Münze heimzahle.«

»Stimmt. Und da wir gerade darüber sprechen, wann fangen wir denn damit an?«

Er küsste sie auf die Lippen und aus ihrer schwelenden Leidenschaft wurde unbändige Begierde. Sie begann, sich auf ihm zu bewegen, ihn zu erregen, ihre Münder fest aufeinandergepresst. Er ließ seine Hände über ihre sensible Haut gleiten, brachte sie dazu zu erschaudern, und Wärme breitete sich zwischen ihren Beinen aus.

Sie lehnte sich ein wenig zurück und präsentierte ihm ihre Brüste. Eine feuchte Opfergabe, um die er sich nur allzu gern kümmerte. Er umschloss sie und ließ seinen Daumen über ihre aufgerichteten Brustwarzen gleiten.

Sie stöhnte leise und wand sich. Sie drückte den Rücken durch und spürte seinen Schwanz hart zwischen ihren Beinen. Es wäre so leicht gewesen, sich ein wenig zu bewegen und ihn in sich hineingleiten zu lassen.

»Nicht so schnell, Süße.« Er ließ nicht zu, dass sie sich nahm, was sie wollte. »Ich bin noch nicht mit dir fertig.«

Er beugte sich vor und hielt ihren Rücken, um besseren Zugang zu ihren Brüsten zu haben. Er leckte eine ihrer Brustwarzen.

Annie schauderte, was dazu führte, dass er sie erneut leckte. Und berührte. Und an ihr saugte.

Seine Hände verschwanden unter der Wasseroberfläche und er streichelte sie. Über ihre Haut, umschloss ihre vollen Pobacken und quälte sie, indem er sie tiefer gleiten ließ, sodass sie gerade so über ihre Schamlippen strichen.

Hitze breitete sich in ihr aus, und sie rutschte auf seinem Schoß hin und her und wollte Erlösung.

»Ist es das, was du willst?«, fragte er und drang ganz leicht mit der Fingerspitze in sie ein.

Sie stöhnte und er ließ den Finger bis zum Knöchel in sie hineingleiten.

Konnte er spüren, wie ihre Muschi sich zusammenzog? Konnte er fühlen, wie sehr sie ihn wollte?

Sie bewegte sich ein wenig auf seinem Finger, sodass er tiefer in sie eindrang, bis er schließlich stöhnen musste.

»Annie.« Er seufzte ihren Namen geradezu.

»Ich will dich«, flüsterte sie.

»Nicht mehr als ich dich will«, knurrte er. Er ließ sie von seinem Schoß rutschen und stand auf, ein tropfnasser Gott, was ihre Lust nur noch steigerte.

Er packte ein Handtuch und wickelte es um seine Taille, bevor er ihr eine Hand anbot, um aus der Wanne zu steigen. Ein flauschiges Badetuch wurde um ihren Körper gewickelt und trocknete sie etwas, aber nicht die Feuchte zwischen ihren Beinen.

Er zog sie an sich und küsste sie, eine lange, süße Umarmung, die sie bis in die Zehenspitzen spürte. Ihre Körper drückten sich aneinander und doch verhinderte das Frottee zwischen ihnen, dass sie die volle Wirkung seiner Haut auf ihrer hatte.

Vergiss es. Sie wollte jede einzige seiner Berührungen voll auskosten. Sie zerrte an seinem Handtuch und ließ es zusammen mit ihrem feuchten Badelaken auf den Boden fallen. Sie drückte ihren nackten Körper gegen seinen und genoss die Reibung seiner Haut an ihrer.

Auf Zehenspitzen stehend rieb sie ihre Wange an seinem weichen Bart, bevor sie mit den Lippen die Seite seines Halses hinunter wanderte. Sein Herz schlug schnell, der Puls ein rasendes Flattern an seinem Hals, den sie küsste.

Sie setzte ihre Erkundung fort und legte ihre Hände flach an seine nackte, muskulöse Brust, die so behaart war, dass sie ihre Finger hindurch gleiten lassen konnte.

Er hatte auch dort graue Haare, wie überall sonst auch. Ein heißer Silberfuchs, den sie streicheln konnte. Er schauderte, als sie sich mit den Lippen seinen Brustwarzen näherte. Er gab ein stöhnendes Geräusch von sich, als sie leicht in eine hineinbiss.

Seine Hände, mit denen er sie locker streichelte, erstarrten. Er packte sie fest an der Taille und hob sie hoch, um sie leidenschaftlich zu küssen, während er sie die letzten paar Schritte zum Bett trug.

Er ließ sie auf die Matratze fallen und sie kreischte. Sie hätte auch fast gekichert, bis sie den wilden Blick in seinen Augen wahrnahm.

Er versuchte nicht, sein Verlangen zu verstecken. Er wollte sie.

Sie wollte ihn.

Sie ging auf die Knie und winkte ihm zu.

Er kam näher und sie hob ihre Arme, schlang sie ihm um den Hals und zog ihn mit sich auf das Bett. Neben sich, denn dann konnte sie sich auf ihn setzen und sich an ihm reiben.

Sein Schaft rieb heiß und hart an ihrem Hintern, während ihre feuchte Muschi gegen ihn drückte. Konnte er spüren, wie sie pulsierte?

Sie beugte sich nach vorne und leckte um seine Brustwarzen herum, bevor sie hinein kniff und daran saugte. Er packte ihre Pobacken, griff mit den Fingern in ihr weiches Fleisch, während sie ihn neckte.

Und mit ihm spielte ...

Sie drehte sich so, dass ihre glatte Muschi an seinem Schwanz rieb, ihn mit ihrem Saft benetzte und ihn mit dem, was bevorstand, neckte.

»Annie.« Er stieß das Wort gequält hervor.

Perfekt.

Sie hob leicht ihre Hüften und sein Schwanz stellte sich unter ihr auf. Sie senkte sich ein wenig und seine Spitze stieß an ihre Muschi. Sie senkte sich ein wenig weiter auf ihn hinab und der Kopf seines Schaftes drang zwischen ihren Schamlippen hindurch.

Sie hielt inne; er knurrte.

Es war ein sexy Geräusch.

Sie bewegte sich noch ein wenig mehr nach unten, nahm ihn langsam in sich auf und genoss das Gefühl, wie sich ihre Muschi dehnte, als er sie vollständig füllte.

Als sie ganz auf ihm saß, pulsierte sein harter Schwanz in ihr. Sie hielt inne, die Augen geschlossen, den Kopf in den Nacken geworfen, und stützte sich mit einer Hand auf seinen straffen Bauch.

»Sieh mich an«, befahl er ihr.

Sie öffnete die Augen und sah, wie er sie anstarrte, seine Gesichtszüge gerötet, seine Augen vor Verlangen verklärt.

Sie hielt seinen Blick, fing an, sich auf ihm zu bewegen, und sah, wie seine Kiefer mahlten. Seine Nasenflügel bebten. Er packte sie mit den Händen um die Taille.

Die Bewegung übte Druck auf ihre Klitoris aus – intensiven, süßen Druck. Sie beugte sich nach vorne und küsste ihn, ohne aufzuhören, sich auf seinem Schwanz zu bewegen.

Er verschob die Hüfte und änderte den Winkel. Annie keuchte und setzte sich aufrecht hin, die Hände auf seinem Oberkörper aufgestützt.

»Sieh mich an.«

Sie hatte nicht einmal gewusst, dass sie die Augen geschlossen hatte, versunken in der Lust. Sie starrte ihn an, während sie sich seinem Rhythmus anpasste und sich auf seinem Schaft hob und senkte. Mit seinen Händen half er nach, wenn sie ins Stocken geriet. Sein harter Schwanz glitt hinein und heraus, tiefe Stöße, die jedes Mal einen Ruck verursachten.

Das Tempo beschleunigte sich, sie bewegten sich schaukelnd im Rhythmus, ihre Körper eine Einheit. Es war wunderschön.

Intensiv.

Mit einem Schrei kam Annie. Wellen der Lust rollten über sie hinweg und umschlossen seinen Schwanz. Reaper bewegte sich wild unter ihr und rief ihren Namen, als auch er kam.

Er kam pulsierend heiß und spritzte in sie hinein.

Sie hätte entsetzt sein sollen.

Das war sie nicht. Sie hoffte stattdessen sogar irgendwie, dass etwas entstehen würde, denn als er sie vom Bett trug, in die Bettdecke schlug und sie am Feuer einkuschelte, konnte sie sich endlich selbst eingestehen, dass sie ihn liebte.

Sie liebte ihn, würde ihn aber am Weihnachtsmorgen verlassen. Sicherzustellen, dass er überlebte und nicht in ihren Albtraum mit hineingezogen wurde, war ihr Geschenk an ihn.

KAPITEL VIERUNDZWANZIG

Reaper konnte fast fühlen, wie traurig Annie war. Jede ihrer Bewegungen, jeder Kuss war von einem hektischen Verlangen erfüllt. Er wusste genau, was sie dachte, konnte es ihr am Gesicht ablesen.

Sie wird abhauen.

Und er wusste nicht, wie er sie davon abhalten sollte, wenn er sie nicht festbinden wollte.

Du weißt, was zu tun ist.

Sag ihr die Wahrheit.

Ihr zu erklären, dass er ein Attentäter war – eigentlich im Ruhestand, aber immer noch ein Attentäter –, wäre sicher um einiges beruhigender, als wenn jemand auf sie schoss.

Immerhin wüsste sie dann, dass ich sie beschützen kann.

Aber was, wenn er derjenige war, der sie in Gefahr brachte?

»Das ist schön«, seufzte sie und er fühlte sich auf einmal fast schuldig, dass er sie auf den Teppich vor dem Kamin gelegt hatte.

Als sie sich keuchend umdrehte und ihn ansah, ging er zu seinem Koffer.

»Was suchst du?«, fragte sie und machte keinen Hehl daraus, dass sie ihn anstarrte.

Er hatte gar nicht gewusst, wie sehr es ihm gefiel, angestarrt zu werden.

»Es ist Mitternacht.« Er streckte seine Hand in den Koffer und wühlte tief darin herum, bis er das Gesuchte fand. Er zog ein kleines, in Geschenkpapier eingeschlagenes Paket heraus. Das erste Geschenk, das er je einer Frau gemacht hatte.

Sie nahm es mit zitternden Händen entgegen. »Das wäre doch nicht nötig gewesen.«

»Aber ich wollte dir etwas schenken.« Das wollte er wirklich. Zuvor hatte er nie ganz das Konzept verstanden, sich an Weihnachten gegenseitig zu beschenken. Warum zog man nicht einfach los und kaufte sich, was man brauchte, wenn man es brauchte?

Als er jedoch sah, wie ihre Augen aufleuchteten, als sie ihr Geschenk öffnete, überkam ihn eine enorme Befriedigung. Er hatte sie zum Lächeln gebracht. Was er getan hatte, war aufmerksam, und sie wusste es zu schätzen.

»Es ist wunderschön«, sagte sie leise.

Nein, sie war wunderschön. Er hatte ihr den Anhänger nur gekauft, um ihre Schönheit hervorzuheben.

Sie musste lachen. »Unglaublich, dass du das gefunden hast.« Der Anhänger sah aus wie Lippen, die so übertrieben waren, dass sie ein Herz bildeten, und ihrem Firmenlogo ähnlich waren. Auf der Rückseite hatte er eingravieren lassen C.R.M. + A. D., fast wie ein Teenager.

»Ich lege sie dir um.« Er legte ihr die Kette um den

Hals und sie sprang vom Fell auf, um sich in dem Spiegel über dem Frisiertisch anzusehen.

Sie lachte. »Sie ist perfekt.«

Aber wenn sein Geschenk perfekt war, warum sah sie dann so nachdenklich aus?

»Was ist denn los?«

Sie drehte sich zu ihm um. »Ich habe kein Geschenk für dich. Ich hatte keine Zeit, eins zu besorgen.« Sie ließ die Schultern sinken und er stand auf und stellte sich neben sie.

»Machst du Witze? Du hast mir genau das geschenkt, was ich so dringend gebraucht habe.«

Sie sah ihm in die Augen. »Sex?«

»Ich wollte eigentlich sagen, eine perfekte Partnerin.«

Wer hätte gedacht, dass diese Worte dazu führten, dass sie sich ihm an den Hals warf, ihn küsste, seinen Mund verschlang und dann über seinen Körper herfiel.

Mit ihr war er unglaublich glücklich. Und auch ein wenig unvorsichtig. Wie hätte man sonst erklären können, dass es jemandem gelungen war, in ihr Zimmer einzudringen, ohne dass er davon aufgewacht war?

Nur gut, dass er mit einer Pistole unter dem Kopfkissen schlief. Er hatte sie in Nullkommanichts hervorgezogen, zielte und wollte gerade schießen, als Annie schrie: »Schieß nicht auf meine Schwester!«

Das kam völlig unerwartet.

Besonders weil die Frau, die er jetzt vor dem Lauf seiner Waffe hatte, genau diejenige war, die ihn vor einem Jahr fast umgebracht hätte.

KAPITEL FÜNFUNDZWANZIG

Annique blinzelte und sah ihre Schwester an. Das war wirklich ausgesprochen schlechtes Timing. »Was machst du hier?«

»Dir fröhliche Weihnachten wünschen?«

Sie warf Jazzy einen strafenden Blick zu. »Ich habe seit zwei Jahren nichts mehr von dir gehört.«

»Ich war beschäftigt.«

»Zu beschäftigt, um mir Bescheid zu sagen, dass du noch lebst?«, fuhr Annique sie an.

Während sie ihre Schwester fertigmachte, sah Reaper den beiden zu, die Waffe noch in der Hand, aber auf den Boden gerichtet.

»Ihr seid also Schwestern?«, gelang es ihm schließlich, sich einzumischen.

»Zumindest behaupten das unsere Eltern. Reaper, das ist meine Schwester Jazzy, eine Kurzform von Jasmine.«

»Reaper?« Jazzy musste lachen. »Sag mir nicht, dass du ihn wirklich so nennst.«

»Das ist immerhin noch besser als Charming.«

Als sie das hörte, wurden Jazzys Augen groß. »Dafür steht C.R. also.«

»Woher kennst du seine Initialen?« Annique verengte die Augen zu Schlitzen und sah ihre Schwester an.

»Ja, erklär das mal«, pflichtete er sarkastisch bei, wofür sie ihm den Ellbogen in die Rippen stieß.

»Du«, Annique zeigte mit dem Finger auf ihn, »halt den Mund und steck die Waffe ein. Hier wird heute niemand erschossen. Außer ihr spuckt jetzt nicht endlich mal aus, was hier los ist, sonst erschieße ich euch nämlich beide.«

»Er ist doch hier das Arschloch«, murmelte Jazzy und warf ihm einen bösen Blick zu. »Ich versuche nur, eine gute Schwester zu sein.«

»Eine gute Schwester wartet aber nicht jahrelang damit, mir Bescheid zu sagen, dass sie noch lebt. Und sie taucht auch nicht plötzlich und unerwartet auf, während ich auf einem romantischen Weihnachtstrip bin.«

»So nennst du das also?« Jazzy lachte verächtlich.

»Hast du deine Verbindungen bei der Arbeit dazu benutzt, uns zu bespitzeln?«

»Und was, wenn? Schließlich ist es ganz normal, dass ich meine Schwester im Auge behalte.«

»Wie wäre es, wenn du mich stattdessen anrufst oder mir eine SMS schickst? Du weißt schon, so was in der Art: *Bin nicht tot. Musste gerade an dich denken.*«

»Ich war beschäftigt.«

»Okay. Wie wäre es, wenn du mir ganz genau erklärst, was du hier machst, und komm mir bloß nicht mit irgendwelchem Blödsinn, dass man Weihnachten im Kreis der Familie verbringen sollte. Niemand weiß nämlich, dass wir hier sind, und trotzdem tauchst du plötzlich hier auf.«

Jazzy streckte trotzig das Kinn vor. »Zu deiner Information. Ich war zuerst hier, um eine Falle zu stellen.« Sie warf Reaper einen giftigen Blick zu, den Annique nicht verstand. Irgendwas entging ihr und sie hatte das Gefühl, dass es wichtig war.

»Warum habe ich den Eindruck, dass ihr einander kennt?«

»Ich kenne ihn nicht«, antwortete Jazzy schnell.

Wohingegen Reaper den Kopf schüttelte. »Irgendwie kennen wir uns schon. Wir haben uns bei der Arbeit kennengelernt«, lautete seine kurze Erklärung.

»Bei der Arbeit?« Das verwunderte sie noch mehr. »Seit wann benötigst du bei der Arbeit«, und ja, Annique zeichnete mit den Fingern Anführungszeichen in die Luft, »einen Immobilienmakler?« Sie wusste nämlich, dass Jazzy für die CIA arbeitete, weshalb sie auch nicht so leicht Kontakt halten konnte. Undercover-Missionen und all so was.

»Wovon zum Teufel redest du? Was für einen Immobilienmakler?«

»Sie spricht davon, dass ich für die Immobilienfirma Bad Boy Inc. arbeite.«

»Das weiß ich. Ich weiß alles über dich, *Reaper*.«

»Was soll das denn heißen?«, wollte Annique wissen.

Während Jazzy sie anstarrte, wurden ihre Augen groß. »Ich glaube es nicht. Du hast es ihr verdammt noch mal nicht erzählt?« Jazzy sagte es an Reaper gewandt, nicht Annique. Das wurde ja immer mysteriöser und es gefiel ihr ganz und gar nicht. »Hast du sie als Köder mit hierhergebracht, damit ich meine Deckung aufgebe?«

Er schüttelte den Kopf. »Das würde ja bedeuten, dass

ich gewusst hätte, wer du bist und dass ihr miteinander verwandt seid. Annie ist aus anderen Gründen hier.«

»Moment mal.« Annique winkte mit der Hand und konzentrierte sich auf das Wesentliche. »Also hast du gelogen. Du hattest keine Ahnung, dass ich hier bin.«

Jazzy zuckte mit den Schultern. »Nein.«

»Aber du wusstest, dass Reaper hier ist? Hast auf ihn gewartet. Weiß er, was du bist?«

»Ich würde sagen, dass er das ziemlich genau weiß.«

Annique starrte Jazzy an. »Musst du nicht geheim halten, was du beruflich machst?« Wie oft hatte Jazzy ihr eingebläut, dass niemand wissen durfte, womit sie ihren Lebensunterhalt verdiente.

»Das ist immer noch geheim.«

»Scheinen ja trotzdem ziemlich viele Leute zu wissen.«

»Halt den Mund.« Jazzy sah Reaper böse an. »Qiqi versteht, dass ich mich bedeckt halten muss. Weil ich doch bei der CIA bin.«

Er lachte laut auf. »Dafür gibst du dich also aus? Und sie glaubt dir das?«

»Sie glaubt es mir, weil es die Wahrheit ist«, erklärte Jazzy nachdrücklich. »Ich erweise eben einfach meinem Land einen Dienst.«

»So ein Blödsinn. Ich weiß vielleicht nicht ganz genau, für wen du arbeitest, aber ganz sicher ist es nicht die CIA.«

»Könnte ich aber. Ich habe einige Aufträge für sie erledigt.«

»Ich auch. Unglaublich, du bist genau wie ich«, sagte er lachend.

»Was ist daran denn so lustig? Hast du ihr gesagt, wer und was du bist?«

»Er ist doch Immobilienmakler. Oder etwa nicht?« Anniques Blick wanderte zwischen ihnen hin und her und sie sah, wie angespannt er schien. »Was behauptet sie da?« Was verheimlichte Reaper ihr?

»Gar nichts«, murmelte er.

»Mach schon, sag es ihr«, drängte Jazzy ihn. »Sag ihr, dass der Mann, mit dem sie schläft, ein professioneller Attentäter ist.«

»Ein was?« Annique sah ihn mit weit aufgerissenen Augen an. »Das ist doch nicht wahr.« Doch nicht der Mann, der sie so sanft berührt hatte!

Der immer ziemlich schnell eine Waffe zur Hand hatte.

Doch nicht der Mann, der ihr den wunderschönen Anhänger geschenkt hatte!

Der, ohne nachzudenken, mit Gewalt umgehen konnte.

Doch nicht der Mann, den sie liebte!

Ein Mann, der das allerdings nicht abstritt. »Attentäter hört sich so klischeehaft an. Ich bevorzuge Auftragssöldner.«

Jazzy lachte verächtlich. »Und trotzdem tötest du Menschen.«

»Du bist ein Mörder!«, kreischte Annique.

»Das war ich mal«, merkte er an. »Ich habe mich zur Ruhe gesetzt.«

»Du hast dich zur Ruhe gesetzt und tötest keine Menschen mehr?« Allein der Gedanke daran sorgte dafür, dass ihr ganz schwummrig wurde.

Wer war dieser Mann? Dieser Fremde?

»Ich weiß gar nicht, warum du so schockiert bist. Deine Schwester macht doch das Gleiche wie ich.«

Jazzy schüttelte den Kopf und wehrte mit den Händen

ab. »Zieh mich da nicht mit hinein. Ich mache eher Werksspionage und bringe keine Menschen um.«

»Und das von der Frau, die mich am letzten Weihnachtsfest mit mehreren Schusswunden ins Krankenhaus gebracht hat.«

»Es ist nicht meine Schuld, dass du zur falschen Zeit am falschen Ort warst. Ich hatte den Auftrag, Wendell zu eliminieren.«

»Aber du hast mich angeschossen.«

»Aus Versehen.« Sie zuckte mit den Achseln. »Schließlich hätte ich nicht gedacht, auch noch jemand anderen vorzufinden, nachdem ich dafür gesorgt hatte, dass seine Freundin beschäftigt war.«

»Sehe ich etwa wie Wendell aus?«, fuhr er sie an.

»Ich habe dich ja nicht umgebracht, also wo liegt das Problem?«

Ihre kleine Schwester, die so selbstverständlich darüber redete, Menschen umzubringen.

Was geht hier vor?

Annique war das alles zu viel. All diese Enthüllungen. Sie drängte sich an den beiden vorbei, schnappte sich ihre dicke Jacke, die über einem Stuhl hing, und schlüpfte beim Hinausgehen in ihre warmen Schuhe.

Warum dachte ein Attentäter daran, etwas einzupacken, damit ich keine kalten Füße bekomme?

Sie eilte zur Tür und entging den Versuchen der anderen beiden, sie aufzuhalten. »Ich hole mir eine Tasse Kaffee.« Und sie würde sich bemühen, wieder einen klaren Verstand zu bekommen.

Denn wie zum Teufel konnte ich mich in einen Attentäter verlieben?

Nach der ganzen Geschichte mit Joel hätte sie eigentlich dazu in der Lage sein müssen, einen Mann mit gewalttätigen Tendenzen zu erkennen. Sie hätte es besser wissen müssen und sich von ihm fernhalten sollen. Und sie hätte nicht in sein Bett springen und sich in ihn verlieben sollen.

Reaper versuchte, sie aufzuhalten. »Annie. Geh nicht. Ich kann es dir erklären.«

Aber sie konnte nicht bleiben, es war einfach alles zu viel. »Was willst du mir erklären?«, rief Annique, der Tränen in die Augen stiegen. »Dass du mich die ganze Zeit über angelogen hast? Ich weiß nicht mal, wer du bist.«

Er hat versucht, es mir zu sagen. Sie hatte ihm eben nur nicht zugehört. Nun floh sie aus dem Zimmer und vor der Wahrheit, mit der sie nicht umgehen konnte.

Sie lief die Treppe hinunter, schlang ihren Mantel fest um sich herum und bemerkte den leeren Gemeinschaftsraum und die unbemannte Rezeption.

Scheiß auf den Koffeinstoß. Was sie brauchte, war Klarheit. Sie ging zur Tür und zog daran, um etwas frische Luft zu schnappen.

Die eisige Kälte traf ihre Haut und sie schloss die Augen.

Tief durchatmen.

Das beruhigte sie.

Also, Reaper – ein Name, der passender ist, als ich dachte – ist nicht ganz der Mann, für den ich ihn gehalten habe. Er war nicht nur ein Immobilienmakler. Er war auch eine Art Auftragskiller.

Er behauptete auch, dass er mittlerweile fast im Ruhestand war.

Könnte ein Mann mit gewalttätigen Tendenzen das Töten jemals wirklich hinter sich lassen?

Er hat mir nie wehgetan. Er behandelte sie immer sanft, auch wenn sie ihn absichtlich reizte und sie sich stritten. Er hatte nie versucht, sie mit Gewalt zu etwas zu zwingen. Mit Argumenten ja. Mit Neckereien auf jeden Fall. Aber hatte er je Hand an sie gelegt? Niemals.

Aber bedeutete das auch, dass er es nie tun würde? Sie konnte es nicht mit Sicherheit sagen, aber selbst die nettesten Männer, normale Männer, konnten zuschlagen, um zu verletzen. Es ging nur um den Charakter und sie hatte den Eindruck, dass er einen guten hatte.

Warum sonst hätte sie sich in ihn verlieben sollen?

Ich dachte, ich wäre auch in Joel verliebt. Das hatte sie gedacht, ja, aber im Nachhinein konnte sie sich deutlich daran erinnern, wie unwohl sie sich bei ihm gefühlt hatte. Wie sehr sie seine abfälligen Bemerkungen gehasst hatte. Sie erinnerte sich an die Tatsache, dass ihr bei ihm nie die Spucke weggeblieben war. Dass er ihr Herz nie zum Flattern gebracht hatte.

Das konnte nur Reaper.

Ich liebe einen Attentäter. Es machte ihn irgendwie sexier als vorher.

Ihr stockte der Atem.

Sexier?

Als sie darüber nachdachte, musste sie feststellen, dass diese Tatsache nur dazu führte, dass ihr Geliebter noch interessanter wurde, wenn sie mal vom ersten Schock absah.

Er ist gefährlich.
Ein harter Typ.

Meiner.

Heilige Scheiße, ein Mörder war in sie verliebt.

In mich. Von allen Frauen, die er je in seinem Leben getroffen hatte, hatte er sie ausgewählt, um mit ihr zusammen zu sein.

Und was hatte sie getan? Sie ließ ihn mit ihrer Schwester allein – beide bewaffnet.

Ich muss zurück. Annique schlug die Tür zu, wirbelte herum und hielt dann keuchend inne, als sie ein vertrautes Gesicht sah.

Er war älter geworden, trug aber immer noch den höhnischen Ausdruck auf dem Gesicht. Joel wedelte mit einer einzigen weißen Rose.

»Hallo, Qiqi. Freust du dich, mich zu sehen?«

Sie wollte schreien, aber er schlug sie mit einem heftigen Schlag ins Gesicht k. o.

KAPITEL SECHSUNDZWANZIG

Die Tür fiel ins Schloss und nahm mit sich alle Hoffnung, die Reaper vor Kurzem noch empfunden hatte.

Am liebsten hätte er etwas zerschmettert.

Jemanden angeschrien.

Besonders weil Annie Reaper mit der Frau allein gelassen hatte, die versucht hatte, ihn umzubringen.

Die Frau, wegen der er hergekommen war und die er umbringen wollte.

Und sie war mit der Frau verwandt, die er liebte.

»Verdammt, das Ganze ist wirklich ein Riesenchaos«, gelang es ihm hervorzupressen, anstatt den Grund für seine Wut zu erwürgen.

»Das sagst du mir.« Die Frau, die wie eine härtere Version seiner Geliebten aussah, war von Kopf bis Fuß in schwarzes Neopren gekleidet. Mit diesem Outfit konnte sie den Elementen trotzen.

»Musstest du ihr unbedingt sagen, was ich bin?«

»Was hätte ich denn sonst tun sollen? Sie ist nicht

dumm. Und du musst dich gerade beschweren. Wer, um alles in der Welt, zieht Familienmitglieder in einen Rachekrieg hinein?«

»Ich wusste ja nicht, dass du das alles geplant hattest. Du bist der Grund, warum ich hier bin.«

»Du Idiot. Wer zum Teufel glaubst du, hat dir den Tipp zukommen lassen?« Jasmine verdrehte die Augen. »Hast du wirklich geglaubt, es würde mir nicht auffallen, dass du herumschnüffelst und Fragen stellst?«

»Aber wenn dir das nicht gefallen hat, warum hast du mich dann nicht direkt damit konfrontiert?«

Sie zuckte mit den Achseln. »Ich war ziemlich beschäftigt. Und dann wurden die Geschäfte über die Feiertage ein wenig ruhiger, sodass ich diese Zusammenkunft organisiert habe.«

»Warum ausgerechnet hier? Was ist an diesem Ort so besonders?«, wollte er wissen.

»Gar nichts, mal abgesehen davon, dass man gut Skifahren kann.«

»Hast du gestern auf uns geschossen?«

»Ja. Damit wollte ich eigentlich dafür sorgen, dass meine Schwester abhaut. Jede normale Frau wäre Hals über Kopf geflüchtet.«

»Also wusstest du, dass sie mit mir hier war.«

»Ja, das wusste ich. Ich habe gesehen, wie ihr zusammen angekommen seid, und konnte es nicht glauben. Es ist nicht besonders nett, meine Schwester so an der Nase herumzuführen.«

»Ich wusste nicht, dass ihr miteinander verwandt seid.«

»Natürlich wusstest du das nicht.« Ihre Stimme troff

vor Ironie. »Und nochmals vielen Dank. Dank dir weiß meine Schwester jetzt, dass ich nicht bei der CIA bin.«

»Das war sowieso keine besonders gute Erklärung.« Besonders weil er wusste, dass die CIA sich normalerweise nicht in die Angelegenheiten der Akademie einmischte. Bis jetzt gab es eine Abmachung. Bad Boy Inc. hielt sich an bestimmte Regeln und tat der Agentur gelegentlich einen Gefallen.

»Wie auch immer. Nun, da du weißt, wer ich bin, möchte ich, dass du meine Schwester in Ruhe lässt und aus ihrem Leben verschwindest.«

»Das ist nicht deine Entscheidung.«

»Natürlich ist es das, verdammt noch mal. Schließlich ist sie meine Schwester, also geht es mich sehr wohl was an und ich möchte nicht, dass sie mit einem ehemaligen Mörder zusammen ist.«

»Immerhin war meine Karriere äußerst erfolgreich.«

»Aber nur, weil ich dich nicht getötet habe.«

»Vielen Dank, dass du mich daran erinnerst. Ich kann dir versprechen, dass ich den gleichen Fehler nicht machen werde«, knurrte er.

»Bist du sicher, dass ein alter Mann wie du mit seinen zittrigen Händen die Waffe ruhig genug halten kann, um jemanden zu erschießen?«

»Ich bin nicht alt!«

»Sagt der Typ mit dem grauen Bart. Lass meine Schwester in Ruhe, wenn du deinen Lebensabend genießen willst.«

Annie nicht mehr wiedersehen? Das kam überhaupt nicht infrage. Aber plötzlich wurde ihm etwas klar. »Du warst diejenige, die ihr die weißen Rosen geschickt hat.

Du wolltest, dass sie flieht und sich nicht mehr mit mir trifft.«

Jasmine erstarrte. »Weiße Rosen? Wovon sprichst du da?«

»Von den weißen Rosen, die du geschickt hast, um Annie Angst zu machen. Warst du es auch, die ihre Wohnung verwüstet und sie auf der Straße angegriffen hat?«

»Das würde ich niemals tun. Niemals. Nicht nach allem, was das Arschloch ihr angetan hat.«

Ihre Worte klangen ehrlich. Er runzelte die Stirn. »Wenn du es nicht warst, wer dann?«

»Ich weiß es nicht, aber du erzählst mir besser alles ganz genau.«

Und das tat er. Er erzählte ihr von dem Restaurant, dem Überfall, den Blumen, dem verwüsteten Apartment, und die ganze Zeit über ging Jasmine hin und her und fluchte.

»Dieses Arschloch. Er sollte doch eigentlich tot sein.«

»Bist du dir da sicher?«

»Ich habe ihn selbst erschossen«, fuhr sie ihn an.

»Hat er Annie wehgetan?«

»Ihr wehgetan, sie terrorisiert. Und zum Schluss hat er sogar versucht, sie umzubringen. Joel hat sie wirklich nicht mehr alle. Aber eigentlich sollte er tot sein.«

»Man sollte nie annehmen, dass sie tot sind, bis man die Leiche selbst begraben hat.«

»Ich habe ihm ins Herz geschossen und er ist ins Meer gefallen. In haiverseuchte Gewässer, sollte ich vielleicht noch dazu sagen. Ich war mir ziemlich sicher, dass die Sache damit erledigt wäre.«

Normalerweise wäre sie das auch. »Aber warum stellt er ihr weiterhin nach?«

»Weil er sich für das rächen will, was ich ihm angetan habe.«

»Und was hast du getan?«

»Seinen Vater getötet.«

»Ein offizieller Auftrag?«

Jazzy lachte verächtlich. »Natürlich, ich arbeite ja nicht für umsonst. Nachdem ich es getan hatte, wurde Joel gegenüber Qiqi zu einem echten Psychopathen, also habe ich meiner Schwester erzählt, die CIA hätte mich dazu gezwungen. Es war leichter als zu erklären, dass ich eine Auftragsmörderin bin.«

»Aber du wurdest nicht an der Akademie ausgebildet.«

»Doch, aber an einer anderen als du. Sie befindet sich im Ausland. Und wir haben keine Zeit, hier rumzustehen und zu plaudern. Annie ist schon viel zu lange weg und wenn du die Wahrheit sagst und Joel tatsächlich am Leben ist –«

»Dann ist sie in Gefahr.«

Plötzlich rückten alle Rachegedanken an Jasmine in den Hintergrund. Nur noch eine einzige Sache war plötzlich wichtig. Dafür zu sorgen, dass Annie in Sicherheit war.

Als er an der Rezeption ankam, war niemand dort. Der Empfangsschalter war nicht einmal besetzt. An Weihnachten arbeitete man eben mit einer Minimalbesetzung.

Da es noch so früh war, waren die meisten Gäste noch auf ihren Zimmern, besonders weil das Restaurant bis zum Abendessen geschlossen war. Nur der Zimmerservice stand zur Verfügung, und zwar gegen Aufpreis.

»Wohin ist sie nur gegangen?«, murmelte Jasmine laut.

Vielleicht in die Küche, um sich etwas zu essen oder einen Kaffee zu holen? Er ging durch die Schwingtür, auf der *Nur für Personal* stand, und fand dort einen alten Mann vor, der an einem Metalltisch Kaffee trank.

»Haben Sie eine Frau im Bademantel gesehen?«

»Nein, nur den Parkwächter, der vorbeigeschaut hat.«

Ein Parkwächter? An Weihnachten?

Schnell ging er wieder zum Eingang und sah, wie sich die Vordertür schloss. Er ging hinaus, achtete nicht auf die Kälte und den frisch gefallenen Schnee und sah stattdessen dorthin, wo Jasmine hinstarrte.

Der Sessellift war in Bewegung und fuhr den Berg hinauf.

»Ich dachte, die Pisten wären über Weihnachten geschlossen?«, stellte sie fest.

»Das sind sie auch.« Er stürzte wieder hinein, wusste, dass er keine Zeit verschwenden konnte, aber auch, dass er warme Kleider und Stiefel anziehen musste, oder er würde erfrieren, bevor er ihr helfen konnte.

Was war mit Annie? Sie trug nur ihren Bademantel. Er zog sich einen zusätzlichen Pullover unter seinen Mantel und presste dann seine Füße in seine Stiefel. Er steckte auch seine Waffe in die Tasche. Er nahm die Treppe immer zwei Stufen auf einmal, kam in der Eingangshalle an und lief hinaus, wobei er bemerkte, dass Jasmine verschwunden und der Sessellift fast ganz oben angekommen war. Er sprintete zum Lift und fluchte, als ihm klar wurde, wie lange es dauern würde.

Er saß im Sessellift, starrte auf die Spitze des Berges und sah die beiden Gestalten oben stehen.

Eine von ihnen winkte.

Es war nicht Annie. Sie war über die Schulter des Mannes geschlungen, hing schlaff da.

Er wünschte, der Aufzug würde sich schneller bewegen, aber er ratterte den Berghang hinauf, während Joel entkam und aus seinem Blickfeld verschwand. Das Dröhnen eines Motors zog seine Aufmerksamkeit nach unten. Das gelbe Schneemobil beschleunigte den Berg hinauf, eine schwarz gekleidete Gestalt beugte sich über den Lenker.

Verdammt. Annies Schwester würde zuerst da sein. Aber er konnte nicht böse sein. Während er gern Annies Held gewesen wäre, war es ihm egal, wer sie rettete, solange sie unversehrt blieb.

Das Schneemobil kam auf dem Gipfel an und raste über ihn hinweg, verschwand ebenfalls aus seinem Blickfeld, während er mit den Fingern trommelte und es ihn wahnsinnig machte, dass er nichts tun konnte. Sobald er nahe genug dran war, sprang er aus dem Lift, landete hart, absorbierte den Aufprall aber mit den Knien, wobei er fast hingefallen wäre, als sein schlechtes Bein unter ihm nachgab.

Verdammte Scheiße. Nicht ausgerechnet jetzt.

Er rappelte sich wieder auf und lief in die Richtung, in die sie verschwunden waren, als er einen Schuss hörte.

Gefolgt von einem Schrei.

Annie!

Er lief schneller, aber als er es über die Ebene und durch das Wäldchen geschafft hatte, musste er feststellen, dass er zu spät war.

Ein einziger Mann stand allein am Abhang.

Reaper ging langsam auf das Arschloch zu und durchbohrte ihn mit mörderischen Blicken. »Wo ist sie?«

»Welche von beiden? Sie sind beide ziemlich anstrengend, findest du nicht?«

Da er keine Geduld mehr hatte, feuerte Reaper seine Waffe ab. Der Mann schrie, als er zusammenbrach und sein Blut den weißen Schnee färbte.

»Ich habe gesagt, wo zum Teufel ist sie?« Reaper hatte sich normalerweise ausgesprochen gut unter Kontrolle. Doch diesmal war das nicht so. Je länger das Arschloch ihm nicht sagte, wo Annie war, umso wütender wurde er.

»Die Schlampe ist weg.«

»Falsche Antwort.« Reaper schoss erneut auf den Mann, der ihm seine Annie weggenommen hatte. Ungerührt sah er dabei zu, wie der Typ sich an die Brust griff und dann in den Abgrund stürzte.

Er ging auch zum Rand des Felsens und ließ sich auf die Knie fallen, um hinüberzuspähen. Erst da erblickte er die Leiche, die unten auf den Felsen lag.

Danach sah er den weißen Bademantel, der an einem Ast hing.

Annie.

Nein.

»Nein!« Er schrie das Wort laut heraus. Schrie es und trommelte immer wieder mit den Fäusten auf den Boden. Wie konnte es sein, dass er zu spät kam?

Er kam nie zu spät.

Er hatte noch nie zuvor versagt.

Warum ausgerechnet jetzt? Warum ausgerechnet mit ihr?

War das seine Strafe?

Erneut schlug er die Fäuste gegen den Boden und spürte, wie die Erde unter seinen Knien bebte.

Oh scheiße.

Er stolperte vom Abgrund zurück. Und dann noch weiter zurück, als die Stelle, an der er gerade gekniet hatte, plötzlich abbrach. Immer weiter stürzte der Abgrund ein, während die Lawine aus Schnee und Steinen den Abhang hinunterraste.

Als sich alles wieder beruhigt hatte, war der Bademantel weg. Genau wie jegliche Hoffnung, sie wiederzufinden.

Ein anonymer Anruf im Resort sorgte dafür, dass man sich noch innerhalb einer Stunde auf die Suche nach Überlebenden machte. Doch man fand nur eine Leiche. Und die war männlich.

Reaper war untröstlich und eine enorme Last legte sich auf sein Herz, als ihm klar wurde, dass er wieder allein war.

Meine erste und einzige wahre Liebe ist tot. Und er konnte niemand anderem als sich selbst die Schuld dafür geben.

KAPITEL SIEBENUNDZWANZIG

Es war wirklich scheisse, tot zu sein.

Man musste sich an einen neuen Nachnamen gewöhnen – und unterschrieb manchmal aus Gewohnheit noch mit seinem alten. Man musste sich ein neues Geburtsjahr merken. Und sie benutzte jetzt wieder ihr richtiges, sodass sie nicht einundvierzig, sondern vierundvierzig Jahre alt war und im März Geburtstag hatte anstatt im Oktober.

Ein neues Leben und eine neue Identität bedeuteten auch, sich in eine neue Nachbarschaft einzuleben, einen neuen Job zu finden, all ihre Sachen zu ersetzen. Doch am schlimmsten war, dass sie Charming Reaper Montgomery wie verrückt vermisste.

Den Immobilienmakler, Geliebten, Attentäter. Sie hatte während der letzten Wochen, in den letzten einundfünfzig Tagen, um genau zu sein, seit sie Schluss gemacht hatten – wobei sich laut Jazzy die Lawine als perfekte Deckung dazu geeignet hatte, um unterzutauchen –, ausreichend Zeit gehabt, um sich an seinen Beruf zu gewöhnen.

Genügend Zeit, um sich daran zu gewöhnen, dass der Mann, der sie mit einer solchen Sanftheit berührte, ein Berufsmörder war. Sie hatte einen Film nach dem anderen gesehen, in dem es genau darum ging, nämlich einen Attentäter, aber einen mit Gefühlen. Einer, der dazu in der Lage war zu lieben. Die Tatsache, dass er ein Mörder war, machte ihn nicht automatisch zu einem schlechten Menschen.

Wäre das nämlich der Fall, was wäre dann mit Jazzy? Sie war manchmal eine schlechte Schwester, die anscheinend dachte, es würde Annique allein besser gehen als mit ihrem Silberfuchs. »*Du hast etwas Besseres verdient*«, war das Hauptargument ihrer Schwester.

Jazzy wollte es einfach nicht verstehen. Annique wollte nichts Besseres. Sie wollte Reaper.

Selbst wenn er ein Attentäter war.

Schließlich hatte er behauptet, er hätte sich zur Ruhe gesetzt.

Aber konnte ein Attentäter jemals wirklich seinen Job aufgeben?

Was war mit seinen Feinden?

Was war mit ihrem Feind?

Joel war tot. Oder zumindest besagte das der Polizeibericht. Sie fragte sich, ob sie sich jemals wieder sicher fühlen würde. Schließlich hatte sie schon einmal gedacht, dass der Mistkerl tot sei.

Statt der Talkshow kam im Fernsehen jetzt langsame, romantische Musik. Sie seufzte und sah sich eine weitere Werbung zum Valentinstag an. Was für ein blöder Feiertag. Sie hasste ihn. Hauptsächlich allerdings deshalb, weil sie sich wünschte, Reaper wäre bei ihr.

Aber nein, sie hatte es vorgezogen, auf ihre Schwester

zu hören, die gerade rechtzeitig gekommen war, um ihren kalten Hintern zu retten. Und sie hatte sich dazu entschieden, zu fliehen und sich zu verstecken, anstatt sich ein für alle Mal um ihre Probleme zu kümmern.

Das war vielleicht nicht die beste Entscheidung gewesen.

Sie runzelte die Stirn, als es an der Tür klopfte. Da sie vorsichtig war, blickte sie durch den Spion und sah rotes Cellophan-Papier, wie es für Blumensträuße benutzt wurde.

»Wer ist da?«

»Eine Lieferung für Miss Annie.« Der Mann hatte einen starken asiatischen Akzent.

Annie? Es gab nur eine Person, die sie jemals so genannt hatte.

Plötzlich schlug ihr Herz wie wild, sie riss die Tür auf und hätte gierig nach den Blumen gegriffen, nur dass sie erkannte, dass sie weiße Blüten hatten. Weiße Rosen. Das war der erste Schock. Dann war da der zweite Schock. *Sein Gesicht.*

»Joel.« Sie flüsterte das Wort leise, während Panik von ihr Besitz ergriff.

Sie wollte die Tür zumachen.

Nur, dass er sich dagegenstemmte und sein Gewicht dazu benutzte, sie aufzudrücken.

Joel kam herein und trat mit dem Fuß die Tür zu, bevor er die Blumen auf den Boden warf.

»Und da sind wir wieder mal«, sagte Joel.

»Du müsstest eigentlich tot sein.« Sie hatte den Polizeibericht selbst gesehen – die Leiche war gefunden worden. Um wen hätte es sich sonst handeln können?

»Wahrscheinlich hast du es noch nicht gehört, aber der DNA-Test hat ergeben, dass es sich bei der Leiche um einen Parkwächter handelte. Wer weiß, was der so weit weg von seinem Posten gemacht hat«, sagte Joel und lachte hämisch.

»Verschwinde von hier.« Eine aussichtslose Bitte, wenn man das verrückte Glänzen in seinen Augen sah.

»Ich gehe gleich. Aber erst musst du dich wie ein braves Mädchen verhalten, während ich dich erwürge.«

»Du bist ein Psychopath.«

»Und wer ist daran schuld?«

Wenn er glaubte, sie würde sich so einfach von ihm erwürgen lassen, lag er ziemlich falsch. Sie griff nach dem ersten Gegenstand, der ihr in die Hände fiel, eine Schale für Süßigkeiten, und warf sie nach ihm. Er schlug sie einfach weg, als sie versuchte, an ihm vorbei zur Tür zu laufen.

Es gelang ihr nicht.

Er griff nach ihr, zog sie an den Haaren und riss sie schmerzvoll zurück. Sie wehrte sich, versuchte zu entkommen und trat nach ihm. Ihre Bewegungen waren hektisch. Panisch versuchte sie, sich zu befreien. Sie landete zwar einige Treffer, doch brachte Selbstverteidigung nichts, wenn man sich gegen jemanden wehren musste, der größer war als man selbst und kämpfen konnte.

Joel trat ihr die Füße unter dem Körper weg, sodass sie auf dem Hintern landete.

Das brachte sie jedoch nur für den Bruchteil einer Sekunde aus der Fassung. Sofort drehte sie sich um und kam auf die Knie, schlug ihre Fingernägel in den abgenutzten Parkettboden und wehrte sich, als er versuchte, sie niederzudrücken.

»Warum kannst du nicht einfach verschwinden oder sterben?«

»Weil ich unbesiegbar bin, du Schlampe.«

Das machte ihr zwar Angst, schien aber der Wahrheit zu entsprechen. Wie oft hatte sie ihn schon für tot gehalten?

Damals auf dem Berg, als Joel sie auf den Gipfel geschleppt hatte, wäre sie fast gestorben. Als er sie hinab gestoßen hatte, dachte sie tatsächlich, es würde ihm gelingen, sie umzubringen, doch ein Ast hatte ihren Fall gebremst, auch wenn er sie ihres Bademantels entledigt hatte. Dann hatte ein Plateau dafür gesorgt, dass sie nicht in den sicheren Tod gestürzt war.

Joel hatte auf dem Gipfel gestanden und mit der Waffe auf sie gezielt. Sie hatte noch immer die Wunde von der Kugel, die sie gestreift hatte. Sie hatte nirgendwohin fliehen können.

Dann war plötzlich ein Schneemobil über die steile Kante gekippt und hätte sie fast überfahren.

Jazzy war gekommen, um sie zu retten. Allerdings war ihre Schwester jetzt nicht da. Sie war schon wieder auf irgendeiner geheimen Mission. Diesmal gab es niemanden, der Annique retten konnte, als Joel sie würgte und ihr die Luft abschnitt.

Sie griff nach seinen Handgelenken und versuchte, sich zu befreien, hatte jedoch nicht genügend Kraft. Sie kratzte ihn. Sie schlug wild um sich, als schwarze Punkte vor ihren Augen zu tanzen begannen.

In ihrem Geist blitzte nur Bedauern auf und nicht ihre Vergangenheit.

Ich wünschte, ich wäre nicht davongelaufen.

Sie hätte Reaper an jenem Tag auf dem Berg niemals verlassen dürfen. Sie hätte sich nie auf das Schneemobil setzen dürfen.

Warum bin ich nicht bei ihm geblieben?

Sie hatte seine Kette behalten, es nicht übers Herz gebracht, sie aufzugeben, obwohl sie ein Verbindungsglied zu ihrer Vergangenheit darstellte.

Sie hatte sie versteckt, obwohl ihre Schwester dagegen gewesen war.

Und jetzt war es genau die Kette, die sich in ihren Hals grub und einen Abdruck auf ihrer Haut hinterließ, während die Hände sie weiter erdrosselten.

Ihre Sinne schwanden. Ihre Augen schlossen sich.

Dann hatte sie plötzlich das Gefühl, eine Stimme zu hören.

»Annie, lass mich rein.«

Gefolgt von einem Krachen und dem Splittern von Holz.

Die Kaution für meine Wohnung kann ich wohl abschreiben.

Sie hörte Fluchen. »Verdammte Scheiße. Jetzt habe ich aber wirklich die Nase voll von dir.«

Dann schnappte sie keuchend nach Luft und nahm einige schmerzende Atemzüge, während zwei Männer über ihr kämpften.

Reaper, groß und wunderschön, rang mit Joel. Er legte die Arme um die größte Bedrohung in ihrem Leben und hielt Joel so im Schwitzkasten, dass er nicht entkommen konnte.

Dann sah er sie an und fragte mit gepresster Stimme: »Was soll ich jetzt mit ihm anstellen?«

Er gab ihr die Wahl?

»Wie meinst du das?«

»Ich meine damit, dass wir entweder die Polizei rufen können, was allerdings mit dem Risiko verbunden ist, dass er irgendwann auf Kaution rauskommt, oder ich kann das Ganze jetzt und hier ein für alle Mal beenden, indem ich ihn töte.«

Joel töten?

»Sie wird mich niemals töten. Sie ist schwach. Ich komme wieder«, gelang es Joel zu keuchen, obwohl Reaper ihn im Schwitzkasten hatte.

»Ich bin nicht schwach.« Sie stand auf und betrachtete den Mann, der sie so lange terrorisiert hatte. »Und ich werde nicht zulassen, dass du jemand anderem das antust, was du mir angetan hast.« Sie sah Reaper an. »Tu es.«

Das Geräusch, als sein Genick brach, war nicht so laut, wie es in Filmen immer dargestellt wurde. Die Leiche hing schlaff in Reapers Armen.

Aber nur eine Sekunde lang, dann ließ dieser sie auf den Boden fallen und zog Annie kurz darauf heftig in seine Arme.

Nur um sie gleich wieder von sich wegzudrücken, sie zu schütteln und zu sagen: »Jag mir nie wieder solche Angst ein, hast du verstanden?«

KAPITEL ACHTUNDZWANZIG

Okay, vielleicht sollte er besser nicht mit ihr schimpfen. Doch als er herausgefunden hatte, dass sie nicht tot war, weil Jasmine ihn angerufen hatte mit den Worten »Joel ist nicht tot. Beschütze meine Schwester«, hatte er verschiedene Emotionen durchlaufen.

Zuerst Wut. Wie konnte Annie es wagen, ihn glauben zu lassen, sie sei tot?

Danach Erleichterung. Sie war nicht tot.

Und dann nackte Angst, als ihm klar wurde, dass sie sterben könnte, bevor er zu ihr gelangte.

Er hielt sie von sich weg und bemerkte, wie bleich sie war, ihre weit aufgerissenen Augen, die bebenden Lippen.

Aus den roten Abdrücken an ihrem Hals würden morgen riesige Blutergüsse entstehen.

Sie versuchte zu sprechen; heraus kam nur ein raues Krächzen. »Es tut mir leid.«

Jetzt war es an ihm zu antworten. Während er zu ihr gerast war, um noch rechtzeitig zu kommen, hatte er sich alle möglichen schrecklichen Dinge überlegt, die er ihr an den Kopf werfen wollte.

Er hatte sie fertigmachen wollen. Sie dafür bestrafen, dass sie ihm wehgetan hatte.

Nun, da er sich ihr gegenübersah, wurde die Wut von der Erleichterung weggewaschen und von dem Bedürfnis ersetzt, sie im Arm zu halten.

»Du hast mir gefehlt«, gab er zu.

»Du mir auch«, flüsterte sie und Tränen stiegen in ihren Augen auf.

Und als sie das sagte, war es ihm plötzlich egal, dass sie verschwunden war. Er vergaß alles, außer der Tatsache, wie glücklich er war, sie wiederzusehen.

Er breitete die Arme aus und sie warf sich hinein. Er fing sie auf und umarmte sie fest.

Und ich lasse dich nie wieder los. Das hatte er offensichtlich laut von sich gegeben, denn sie antwortete: »Okay.«

Dann gab es keine Worte mehr zu sagen, nur hektische Küsse, als er sie hochhob und ins Schlafzimmer trug, aber sie schafften es nicht in ihr Bett. Er küsste sie, seine Lippen und seine Zunge voller verzweifelter Leidenschaft.

Sein Verlangen wurde erwidert. Sie klammerte sich an ihn, mit den Händen zog sie an seinem Hemd, mit dem Mund saugte sie hungrig an seiner Zunge.

In seinem Alter hätte er mehr Zurückhaltung, mehr Finesse haben sollen. Aber er hatte sie wiedergefunden. Seine geliebte Annie, und er wollte nicht warten. Er zerrte an ihrer Yogahose und zog sie so weit nach unten, dass sie den Rest des Weges hinabrutschte, sodass sie einfach heraussteigen konnte.

Anscheinend verstand sie sein Bedürfnis, fühlte es

selbst ebenfalls. Ohne darum gebeten werden zu müssen, wandte sie sich von ihm ab und streckte ihm ihren Hintern hin, eine Einladung, die er nicht ignorieren konnte.

Er fummelte einen Moment lang ungeschickt an seiner Hose, als er versuchte, sich von dem verdammten Ding zu befreien.

Scheiß auf die Zeitverschwendung, sie komplett auszuziehen. Sie wackelte mit ihrem Arsch vor ihm und er verlor den Verstand. Er stieß mit seiner Erektion an sie, stöhnte, als sie sich dagegen lehnte, und rieb seinen Schwanz an ihrem Hintern.

»Jetzt«, sagte sie mit leiser Stimme.

Ja, jetzt. Er schob ihre Oberschenkel auseinander und Annique stützte ihre Handflächen an die Wand.

Die Einladung war da. Aber er wollte trotzdem sicher sein, dass sie für ihn bereit war. Reaper griff zwischen ihre Oberschenkel und fuhr mit seinen Fingern über ihre glatte Spalte.

Sie war so nass und heiß für ihn. Er packte seinen Schwanz und stieß die Eichel gegen ihre Schamlippen, spreizte sie und stieß in sie hinein. Er sog heftig die Luft ein, als er in ihre geschmeidige Muschi glitt, die seinen Schwanz fest und eng umschloss, und Annie stöhnte auf.

Er drang tiefer in sie ein, bis er vollständig in ihr war. Ihre Muschi pulsierte um ihn herum. Dann begann er, sich zu bewegen, und stieß seinen harten Schwanz immer wieder in sie hinein. Hielt sich an ihren Hüften fest, um seinen Rhythmus nicht zu verlieren.

Als sie anfing zu keuchen und vor Erregung zu ächzen, stieß er schneller und härter zu. Mit jedem tiefen Stoß traf er ihren G-Punkt und brachte sie zum Schreien, während ihre Atmung schneller wurde.

Er keuchte auch, als er schneller und schneller in sie stieß. Er war nahe dran zu kommen, so nahe, dass er um ihren Körper griff und ihre Klitoris streichelte.

Ihr ganzer Körper verkrampfte sich um ihn herum und ein heiserer Schrei kam aus ihrem Mund, als sie ihren Höhepunkt hart und schnell erreichte. Es sorgte dafür, dass er auch kam.

Er gab ebenfalls einen grellen Schrei von sich, als er seinen Samen tief in sie hineinspritzte.

Langsam ließ ihr Zittern nach. Ihre Körper kühlten sich ab und er schlüpfte widerwillig aus ihr heraus. Er drehte sie um, damit er sie an sich drücken konnte.

»Du hast mir gefehlt«, sagte er. »So sehr, verdammt.«

»Du mir auch.«

Er rieb sein Gesicht in ihrem Haar, atmete ihren Duft ein und genoss das seidige Gefühl. »Ich will dich nie mehr verlieren.«

»Wie wäre es, wenn ich dir zum Valentinstag das Geschenk mache, dich nie zu verlassen«, murmelte sie mit heiserer Stimme.

Verdammt noch mal. Es war ja Valentinstag und er hatte ihr kein Geschenk mitgebracht. Er hatte plötzlich nur noch einen Gedanken. »Heirate mich.«

Sie erstarrte und er hätte am liebsten gestöhnt. Da war er wohl ein wenig vorschnell gewesen.

Aber ich bin einfach zu alt, um Spielchen zu spielen und endlos zu warten.

Sie lachte und küsste ihn wie wild, als sie sagte: »Ja, ja.« Immer und immer wieder.

Um den Handel zu besiegeln, liebten sie sich wieder und wieder, bis sie mit einem Lächeln auf den Lippen einschlief.

Ein Lächeln, das ich dort hingezaubert habe. Er würde sein Bestes tun, um sicherzustellen, dass sie immer einen glücklichen Ausdruck auf dem Gesicht hatte.

Was bedeutete, dass er sich um die restlichen Kleinigkeiten kümmern musste.

An diesem Abend, während sie schlief, entsorgte er die Leiche, die sie in ihrem Wohnzimmer liegen gelassen hatten. Diesmal würde Joel nicht zurückkommen, um sie zu verfolgen.

Reaper hatte es nicht weit. Annie hatte sich entschieden, an der Ostküste zu leben, was die Sache sehr einfach machte. Er musste nur ein kleines Stück fahren, um die Leiche von einer Klippe zu werfen.

Der Ozean spülte den Körper weg. Die Fische würden sich daran gütlich tun und jeden Beweis dafür vernichten, dass er keines natürlichen Todes gestorben war.

Nur ein weiterer Tourist, der im Paradies ums Leben gekommen war.

Als Reaper zurückkam, kroch er neben Annie ins Bett. Ohne aufzuwachen, drehte sie sich zu ihm um und kuschelte sich an ihn.

Sie murmelte: »Ich liebe dich.«

Das tue ich auch, Annie, bis dass der Tod uns scheidet.

EPILOG

»Diese Hochzeit bringt mich noch um«, beschwerte sich Annique.

Obwohl sie ihm immer wieder gesagt hatte, dass sie mit einer einfachen Feier auch zufrieden wäre, hatte Reaper darauf bestanden, eine große Hochzeitsfeier auszurichten. In der Kirche. Mit Gästen.

»Du weißt aber schon, dass du sie vielleicht anlächeln und nett zu ihnen sein musst?«, fragte sie ihn, während sie einen ihrer Finger durch die Haare auf seiner Brust laufen ließ.

»Ich habe nichts dagegen zu lächeln. Es wird sie nervös machen, wenn ich lächle.«

»Reaper!« Sie schlug ihn gegen den Oberkörper. »Du darfst die Leute auf unserer Hochzeit nicht vergraulen.«

»Aber das würde mir so viel Spaß machen. Ich will, dass die ganze Welt sieht, dass du mir gehörst, und sie die Finger von dir lassen müssen.«

»Das ist ja ziemlich besitzergreifend.«

»Ich weiß.«

»Und heiß.«

Er lachte leise. »Ich weiß.«

Sie setzte sich auf ihn und ihr Haar fiel ihr über die Schulter. Sie war immer noch erstaunt darüber, dass dieser Mann sie auserwählt hatte. »Wann wirst du mir eigentlich sagen, dass die ganze Hochzeit Teil einer geheimen Mission ist?«

»Wer hat dir das verraten?«, knurrte er.

»Na wer schon?«

»Ich werde deine Schwester umbringen.«

»Wage es ja nicht«, warnte sie ihn. »Und warum ist sie überhaupt diejenige, von der ich es erfahre?«

»Ich wollte es dir sagen, zusammen mit der Nachricht, dass diese Operation zur Identifizierung des Feindes dient, der die Akademien im Visier hat, und dass alles auch von der Firma finanziert wird.«

»Willst du damit etwa sagen, dass Bad Boy Inc. die ganze Hochzeit bezahlt?«

»Allerdings.«

Jetzt war sie es, die grinste. »In dem Fall ist es an der Zeit, mir ein Brautkleid auszusuchen.« Weil sie großartig aussehen wollte, jetzt, wo sie den perfekten Partner gefunden hatte.

Ihr tödlicher Geliebter verdiente nichts als das Beste, *denn ich liebe ihn.* Und sie würde wohl jeden umbringen, der ihr in die Quere kam.

DIE HOCHZEITSEINLADUNG KAM in einem cremefarbenen Umschlag an und lautete wie folgt.

Sie sind herzlich zur Hochzeit von Reaper und Annique eingeladen.

Darauf standen auch Ort, Datum und Uhrzeit, natürlich verschlüsselt. Diese Einladung war nur für besondere Personen.

Ich bin etwas Besonderes. Und tödlich.

Ein X wurde unter *Teilnahme* gekritzelt. Aber das Feld für den Namen der Begleitung wurde leer gelassen.

Wen brachte man zur Hochzeit eines Attentäters mit? Vielleicht den Tod …

~ Ende ~

Aus der Reihe »Die Bad Boy Inc.«: Hitman Wedding (Buch 4) 2020

www.ingramcontent.com/pod-product-compliance
Lightning Source LLC
LaVergne TN
LVHW041629060526
838200LV00040B/1502